病志奇談

行醫妙事一籮筐

– 廖宏強 –

【序】加油！醫生

《星洲日報》副總編輯曾毓林

關於廖宏強——我是先讀其文，再認識其人。

約莫二十年前，就讀過他在花蹤文學獎的得獎作品，當時我是負責收件、做編號的小弟。輾轉多年，被編派到副刊並參與〈星雲〉版的工作，再度近距離讀他的文章。這兩年，有機會接觸他本尊，還有他太太及小廖宏強。人比文精彩——別看他圓鼓鼓的身形，他是俠客。

他的鐵血我是見證過，報館一時陷入困局，廖宏強肝膽相照，二話不說拔筆相助。一切緣於對朋友的信任，不是所有朋友都樂意「二話不說，仗義相助」的，特別在暴風雨的關鍵時刻。單就這份情誼，我就心裡暗忖：「得友如此，夫復何求？」

有時朋友可以共富貴，無法共患難。有些朋友不常聯絡，但是在急難時刻，他會不離不棄。

一個編者，一個作者——見面的次數不超過十次，可以有這份情誼，我倍加珍惜。

病人有這樣一個醫生，也是幸運的。

宏強的新書《病患奇談，行醫妙事一籮筐》付梓出版，他的文章且留待讀者去評價；但他的熱心及對朋友和落難者的義氣，我卻是不得不添上幾句的。

加油！醫生。

感謝你，朋友。

【自序】凡走過必留下痕跡

這本書所收錄的文章大多數是二〇〇九年我在《星洲日報》專欄「天下行醫妙事多」所寫的，這期間很感謝《星洲日報》給我這個機會，特別是〈星雲〉版主編，也是《星洲日報》副總編輯曾毓林先生，以及當年的編輯蔡興隆先生，也是我高中母校的學弟，後來回老家種菜，現在家鄉開了間小店賣蛋糕，人生的規劃轉了個大彎，還真的不容易。

我自醫學院畢業已經十九年，已屆不惑之年，行醫十幾年，漸漸發覺前輩所說的「經驗」比課本裡頭教的醫學知識還來得重要，讀死書不如無書，這是近年來的深刻體會，與我年紀相當的同儕，在醫界也混了有一段日子，想必會有更深的體會。

《病患奇談，行醫妙事一籮筐》所描述的病患、病情的表現與書本所記載的完全不同，這是最大的特色，除了臨床上症狀表現千變萬化之外，病患的個人社會背景、專業或是財經的特殊身分地位等等都會有所影響，比如〈真假平等〉裡頭的皇室成員、〈大P的盲腸炎〉的醫學院教授，這些都是很典型的非一般病患。

當醫師這麼多年，尤其是在急重症領域，我感覺自己衰老的很快，這使得我不得不在文字裡頭找回我年輕的心，一點嚴肅的專業，帶點輕鬆調皮的心態，也是這本書最大的特色。

這本書的附錄〈他鄉的故事〉是我誤打誤撞進入急重症領域的特殊際遇，裡頭記載了我習醫及從醫的一些心路歷程，包括我當年堅持回鄉服務的抉擇，如果說在心理上的執著是個非一般的病患，我那思路詭異的國家又何嘗不是非一般的病患呢？

感謝旅台的張錦忠教授無償同意我收錄他以〈他鄉的故事〉為例，用另一種觀點詮釋了我們這一代留台習醫，之後滯留海外從醫的心聲〈我要回家：後離散在台馬華文學——黃明志、廖宏強與原鄉書寫〉，文章裡頭的另一位主角黃明志是個怪咖，是目前國內著名的網絡創作歌手及導演。

這也是我個人的第九本著作，也是第二本與我本科醫學有關的散文著作。我的書從來就不是暢銷書，即使是頗受好評的那本與中學母校學弟妹合著的油畫散文集《南山之戀》，賣個五、六百本已經算是奇蹟了。

同事都笑我，幹嘛還那麼樂此不疲的寫文章？我想，凡走過必留下痕跡，是我喜歡寫文章的理由之一，也是我減壓的方法，只是有些嘻笑怒罵的語氣畢竟不是我的專長，那種遊走於病患隱私邊緣的文字，類似的題材過多，我認為都沒必要一再寫下去，就當作一個人生過程的印記。

最後，特別感謝毓林抽空為本書作序。

目次

附錄

變蟲記

雖然不是小兒科醫師，但是急診科醫師必須全都要看，不能拒絕病患。因此，我也診療過許多的小病患，尤其是寒流過境的冬夜，小朋友感冒的一大堆，拼了老命都看不完，如此多病患，感覺每個小毛頭都長的好像差不多，哪記得起來誰是誰？如果不是大姐在一次聊天時提起，我也記不起那位會變形的小朋友。

那位會變形的小男孩果真和其它的小病患不一樣，一進入診間就趴在診療桌上擺出個怪異的姿勢問我一個問題：「你看我是不是一條蟲？」

我好奇的問：「什麼蟲？」

小男孩嘿嘿冷笑兩聲回答：「不告訴你。」

根據班導師的描述，小男孩的變蟲記錄還真多。

開學第一天，小男孩是一隻壁虎，因為天生長得孔武有力，竟然能夠獨力把課室的桌子併排靠在牆壁，然後像壁虎一樣貼著牆壁來回的爬走，甚至繞圈子，最後還拍死一隻蒼蠅吞進肚子裡，真是有夠犀利。

幾天後正好下大雨，稀哩嘩啦的雨滴聲，昏暗的燈光，斑剝漆落的牆壁，加上陳舊且發出腐敗氣味的桌椅，營造了一個類似野外的環境。於是，小男孩變成了青蛙，咕呱咕呱叫個不停，午時用餐時間還用舌頭舔了鄰座的小女生，害得人家家長到學校抗議，撂下提告上報紙等等之類的話。上圖畫課時，小男孩成了一條蛇，把所有小朋友的顏彩塗料倒在身上，趴在地上扭來扭去前行後退，息息吐信的模樣把其它小朋友嚇壞了。

有一天，父母帶他到餐館吃海鮮，第二天，他就成了見人就用雙手夾人脖子的螃蟹。當學校警衛打瞌睡，不小心讓野貓野狗溜進校園時，小男孩也跟著野狗一起哮叫，隨地拉屎灑尿。

「奇怪，我真是搞不懂，他怎麼不會像小豬一樣睡得安安靜靜的呢？」老師不解的問我。

其它的變形記，比如蜈蚣，憑著蠻力把所有小朋友的鞋子脫光穿在自己身上等等這些事更是多不盛舉。

「不是沒跟家長提起，只不過家長都認為是小孩特別頑皮，長大了自然會好，請老師不必擔心。」

最後可能真的是變無可變，也可能是電視節目看太多，竟然想出了超人、蝙蝠俠、李小龍這些玩意，兩個星期下來，搞得班上雞犬不寧。

「實在沒辦法，只好私下帶他來看醫生。」

我不是精神科醫師，學校教的東西也已完全還給老師，還好留下了幾本很勁的大書可以參考。經過簡單的測試之後，小男孩真的是以罕見的變形來表現的ＡＤＨＤ（注意力不足過動症），這是什麼東西？喔！我想想看，有了，這種病最著名的例子就是二〇〇八年北京奧運游泳項目八金得主——美國的費爾普斯，什麼？醫生，你說我的小孩以後會變成跟費爾普斯一樣嗎？唉！還是寫封推薦信去看專家吧！

眼前這位小男孩的變蟲動作舉止令我想起捷克作家弗蘭茨・卡夫卡（Franz Kafka, 1883-1924）舉世聞名的著作《蛻變》（DIE VERWANDLUNG）。

《蛻變》寫的是一個荒謬的家庭故事，故事裡頭的父親無心工作，家裡欠了一屁股的債，為了家裡的生計及償還債務，做兒子的只好日夜埋頭做自己不喜歡的工作，有一天年輕人在夢中醒來，發現自己竟然變成了一隻大蟲。

小男孩的父母都是高學歷的知識分子，理應不該不知道小男孩的問題所在。變蟲記也不可能只在學校才上演，我想小男孩早就把家裡搞得翻天覆地了，原本井然有序的家庭生活肯定也被影響。家長的否認或許有不得已的苦衷，因為家家有本難唸的經，也不必強求。

正如《蛻變》的年輕人一樣，因為變成蟲後，從此再也不必，也無法出去工作，連正常的生活也無法過，更難堪的是還成為家人的負擔。往後的日子，為了生活，父親開始上班，妹妹也出去賺錢，隨著時間的過去，家人也開始適應新的生活。小男孩的家庭也一定渡過了不為人道的艱難適應期，然而問題終究還是存在。

養育動症兒所面臨的挑戰，其實遠遠超過一般人所能想樣的困難，父母必須付出更多的心力與時間，小男孩需要協助，家長更需要支持。當時的家鄉小鎮，不論是精神或其他資源上的援助都很有限。沒有特殊的教養環境訓練，也沒有這方面的師資可以協助小男孩在往後能力的發展與適應的技能上的教導糾正。儘管如此，父母還是得面對事實，有困難時尋求專家，適時得到解答與幫助，累積經驗才能解除問題。

《蛻變》故事中，可悲的年輕人在找回真正的自我後成為擾亂家人生活次序的「大蟲」，最終帶著無奈與悲哀，無助絕望的以「蟲」的形象死去。可笑的是在他死去那天，全家人竟然鬆了一口氣，而且相偕出門去野餐，藉此慶祝另一個新生活的來臨。現代主義的荒謬與虛無莫過於如此。然而，小男孩的自我調適絕對不是ADHD家庭重生的日子，只有認真面對問題，小男孩的家庭才能真正的重生。

變態佬

盧醫師是我的大學同學，同樣踢的一腳好球，他是中衛，我是前鋒箭頭，都是台大醫學院足球隊的代表。儘管球場上合作無間，南征北討數年，還是沒有任何榮耀可言，同床共吃一碗飯卻是令人回味的往事。加上他太太和我太太一樣是師大生，我們倆不成哥兒也很難。

大學畢業前，我已來到林口長庚，成為當年唯一一批台大出去外頭打拼的實習醫師，其實也回不去台大了。畢業後，盧醫師也過來泌尿科，同日值班時偶而還會見面哈啦打屁。一年後我回大馬參加醫師資格考，他和太太到大馬渡假，約了幾位老朋友在吉隆坡見面，自此以後就沒再見過面。

人生歷經幾番波折後，我輾轉來到苗栗服務，過沒多久，盧醫師也應聘過來，五、六年沒見，大家都有點陌生，加上各人有各忙，以後見面的例常話題大多圍繞在專業領域的討論。

盧醫師的成名作是從一位中年男子的尿道裡頭拔出一根十幾公方長的鐵條，那種場面真是令人嘆為觀止，不上報都很難。要知道，男生那話兒是極度敏感的器官，平日替那些攝副腺肥大而尿不出來的病患放尿管，幾乎沒人不痛的哇哇大叫。因此，把一根鐵線放進去，不是精神錯亂，就是被人凌虐，要不然就是性變態的特殊性癖好患者。

性變態是個泛稱，包括性倒錯、性偏差等等，特殊性癖好也是其中一個。隨著醫學知識的普及，大家都慢慢可以瞭解這是個人的差異，除了後天的養成，先天的基因不同也是一個主要的因素，尤其是同性戀，自爆「出櫃」早已不是新鮮事，加上社會日漸成熟開放的風氣及包容態度，一些宗教禮法上規範的性觀念也不斷的被挑戰，使得一些以前被認為是性變態的不當性行為都漸漸地為人所接受，比如口交，甚至連SM（性施瘧及性受虐）都被認為只要是你情我願，不影響他人及傷害他人的情況底下做愛做的事都是正常，拜託別少見多怪了，放根鐵條有什麼大不了？

盧醫師一拉成名，可憐我這急診人，碰見特殊性癖好的患者肯定比所有泌尿科的醫師還多，卻沒這麼好運碰到這麼好康的事。

除了解不出尿，痾不出便便的病患也很多。只是現代的腸胃科醫師都很好命，做大腸鏡的病患事先都一定要飲食控制，再灌水清腸，鏡子放進去乾淨溜溜一顆屎都沒有。萬一碰到主訴肚子漲氣，外加一個禮拜沒解大便的病患，那肯定是掛錯科了，這是急診的case，怎會掛到這來？還怕病患不懂路，直接叫跟診護士帶到急診處來處理。

醫院規定急診沒有拒絕病患的權利，病患只要掛急診，不管是什麼大小病，你都得看。

這種病患的處理，文雅一點叫宿便清除，其實就是挖大便。當個急診人，恐怕沒有人沒挖過病患的宿便，尤其是菜鳥，幾乎是每日的例常工作。不要小看挖大便，裡頭的學問可大呢！每個人都可做，卻不一定做的好，挖的好也不見得會令病患有終於解放完畢的快感，最後還得讓自己覺得是做了件快樂的事才行，生理到心理的調整都必須對key，才能挖得不亦樂乎。

頂尖的醫師都會被封為腸道清潔大師，病患指明非大師莫挖，江湖地位之崇高可見一斑。

或許年齡大了，做不來如此細膩的工作，也怕萬一有甚麼三長兩短，一身好武藝就此失傳，我只好把多年來自創的獨門「挖」秘訣傾囊傳授給一位才色俱佳且單身的護士。

看清楚了，指尖從肛門口開始慢慢的旋轉劃圓圈，輕輕地放入大概一半的手指長度，來回抽送幾次再沒入整根手指，同時叫病患用力……對不起，只能點到為止，那可是我的獨門功夫。有幸被我徒弟服務的病患，不論老幼男女都情不自禁的大讚：「果然好功夫。」幾個月下來，挖大便的工作已非她莫屬。其中一位中年男子更是「挖」上癮，隔幾天就來報到，「挖」的當兒還好爽好爽的叫。如此幾個月過去，黃花閨女哪受得了。再難分難捨也有攤牌的時候，當手臂粗的可以當棒球棒來揮擊的大肥婆上場之後，中年男子按著屁股一瘸一拐走出急診大門，幾天之後寫了個挖大便變肛門膿瘍的黃單投訴給醫院管理部門，從此未見人影。

那一陣子，大肥婆心情極度沮喪。那位中年男子，本人也親自上場領教過，真是唱作俱佳還以為在拍A片，旁敲側擊之下還套出個不為人知的秘密，那是病患的隱私，我不能說。其實，不說你也猜得到，肛門鬆垮的都能放進一把手電筒，如果不是當零號的同志，就是和鐵條男一樣的性變態特殊性癖好患者，屁股紅通通一片，還有痔瘡，發炎變成蜂窩組織炎，長膿包膿瘍潰爛，最後變成肛門廔管是遲早的事，跟挖大便沒關係。身為急診人，還是得繼續忍著屎味幹這些齷齪的事。

驚奇雙胞胎

除了在小兒科的另一類不平等待遇，我在婦產科的日子一樣不好過。肚子大的可裝下一粒西瓜的總醫師Fitter先生與我似乎有仇，除了要我守在開刀房一個月拉鉤之外，每個班更是都排我在active day，不僅如此，Fitter先生臉臭臭心情不好時就會拿我來發飆開罵，真是夠了。

或許因為如此，我關門的力量可能真的太大力，明眼人都知道我這個人心情有夠差，尤其是值班的夜晚，連護士小姐也於心不忍的偷偷拿面紙給我拭淚，深切表達關心之餘，也不望提醒我放輕鬆，卻又無能為力的攤開雙手叫我自己多保重。

當時的吉隆坡中央醫院（GHKL）是與國民大學醫院分擔照顧病患的工作，隔日輪流做東。所謂active day，意即當天所有婦產科的病患都是GHKL的病患，一天的量就超過我過去幾年的總和。接生的小孩什麼種族都有，產婦的臨盆反應更是千奇百怪。叫的像殺豬一樣是難免的事，其中以印度人最不耐痛，就像發惡夢時驚惶失措的隨手亂抓，只要有東西在身邊就一定遭殃。剛到產房搞不清楚狀況的菜鳥都有被抓傷的經驗，老油條如果碰到初產婦，大都會視情況叫先生進來陪伴在側當犧牲品，順帶體會一下老婆生小孩那種撕心裂肺的疼痛及辛苦。當然也有自告奮勇，手拿相機要紀錄小孩出生歷史畫面的準父親懵懵懂懂跑進來，這種不請自來的大多是「豎仔」一顆，見血立刻昏倒，這還不打緊，還有像起乩似的歇斯底里發作，口吐白沫、全身抽筋狀似掛掉，忙著接生之外，還要照顧這些準父親，真是有夠累。

咱華人的優良傳統就是「忍」，連吭一聲也會覺得是件丟人的事。但是生小孩畢竟是疼痛指數滿分的痛，再怎麼「忍」，眼淚還是情不自禁的掉下來。小孩呱呱落地的瞬間，和小孩哭的稀哩嘩啦的媽媽臉已搞不清到底是喜悅還是痛苦。馬來妹最厲害，「賁」的一下子就生出來，可能是多胎產婦的關係，也因為產程過快來不及灌水清腸，用力的剎那，屎尿也跟著出來，小孩還沒嚐到奶味就已泡在糞便尿水中嚎啕大哭抗議。還有位初產婦，才一腳踏進診間躺上檢查台，還未來得及送產房就生了，剪斷臍帶、包好嬰兒，推著產婦到產房處理胎盤。剛進電梯，產婦說：「醫生，又要生了。」別鬧了，已經生了，那是胎盤，沒關係，「好像不是噢！」說才說完，真的「賁」一聲又跑出來一個，我和護士兩人當場傻眼，原來是雙胞胎。馬來妹剛從鄉下到城市，從沒做過產前檢查，肚子痛了就跑來中央醫院，實在不好意思，嚇了大家一跳。這位另類病患媽媽成了我婦產科實習時最難忘且有趣的回憶。

然而我和 Fitter 先生的關係一直沒有融冰的時候，同學說一定是我的問題，要不然別人吃香喝辣，你為何每天清馬桶洗廁所？一度讓我真的覺得自己才是 trouble maker。

日子難熬，心情低落，最後還是來到攤牌的時候，實習通過與否完全操在 Fitter 先生手中，不管了，豁出去吧！逮到機會就問：「你為何對我有偏見？」、「不是對你，是你的學長。」當年晨會上與馬來妹一言不合互毆的陳××。

真相終於大白，「那關我屁事？」你知道我可以不以任何理由叫你再留四個月嗎？我曉得，並且回了句：「你摸著自己的良心看著辦！」

當我順利從婦產科轉到急診科實習時，冤家路窄巧遇 Fitter 先生，他的態度竟然是一百八十度的轉變，熱情拍著我的肩膀說：「我知道你沒問題的，加油。」哈哈兩聲，故弄玄虛的說：「你知道，我可以不以任何理由讓你過關。」

醫師的形象

有經驗的醫師，從病患踏入診間的腳步就可知大概患的是什麼病。然而，再精明的醫師，其實也無法看透那一身白袍底下的人脫下白袍以後到底是個什麼樣的人？

有一年春節期間，偶然在家鄉小鎮的大廟拜拜時，碰見曾擔任我母校居鑾中華中學校長的陳詩聖校長，退休之後，他還是相當活躍於當地的華人團體。

除了出色的領導能力，陳校長的記憶也有過人之處，二十多年過去，偶而在家鄉的路上巧遇，他依舊叫得出你的名字，甚至還能牽拖一堆和你一起在母校唸書的兄弟姊妹，正所謂一日為師，終生為父，陳校長一直以來都是我最敬重的老師。或許是曾經當過校長的關係，他的衣裝永遠燙的畢挺，表情莊嚴肅穆，態度卻是誠懇和藹，當過老師的似乎都是如此，更何況是校長。如果是滿臉橫肉，動不動就嘿嘿奸笑的人出現在你面前，那肯定是壞蛋，要不然就是奸商，兩者都不是，那一定是想占你便宜的人，就像空服人員都有一定的服裝禮儀，條子如果不配槍算哪門子警察？一一數來算不完。總之各行各業都有固定的形象，不僅專業，還有型有款。這種既定成俗的刻板印象，長久以來就一直被強迫灌輸入我們的腦子，當然也有微笑的老虎，沉默的狗，那畢竟是少數。至於醫生，是不是就是那一身白袍？

醫生是否真的應該有個樣子？就如電影裡頭的經典角色一樣。但是，世上畢竟只有一位史懷哲醫生，白色巨塔的歹角卻是處處充斥。

被譽為醫學之父的希波克拉底在關於《醫生》一書中，寫了一段耐人尋味的話。「對於醫生而言，需要健康的外觀和身體，這毫無疑問十分重要。因為人們持有這樣的觀點，那些不懂得如何照顧自己身體的人沒有資格去照顧其他人，作為醫生應該知道如何和何時保持平靜，不應該表現出衝動和性急，看上去溫和安靜，絕不能脾氣暴躁。從另一方面來說，過於快活對他是不適合的。」

自古以來，不管內在與外在，大家對於醫生的形象都有這麼高標準的要求，連過於快活都是不適合的。這也或許能夠解釋我為何總是一副憂國憂民抑鬱寡歡的樣子，絕對不是效法中華民國那位也是醫生的國父孫中山先生，長久下來如果有一天落在精神科醫生的手中，可能就被冠上重大憂鬱症這大帽子，一輩子也翻不了身。

許多年前在冬日的寒夜值班，難得的平安夜，大半夜只有一位病患，卻是一輩子都無法忘記的病患。中年男子自稱曾是本院的醫師，一來就要求靜脈注射管制藥品，因為腰椎椎間盤脫出導致下背疼痛難耐，目前已經準備在中部某醫學中心開刀，現在痛的實在受不了。

病患一頭散髮，鼻涕直倒流，全身打寒顫，四肢發抖個不停，手肘腳背都是針扎的痕跡，顯然是藥癮發作。醫療的專業背景輕易讓他編出一套毫無破綻的病史全島走透透而無往不利，最後在衛生署的控管下破了功，人人都可能有一段不堪的過去，實在沒必要去追究。

畢業多年，白袍底下的身材變樣大概跑不了。禿頭，水桶腰，啤酒肚，不好意思，那是我啦！多年不見，認識我十幾年的老朋友見到我都會見鬼似的驚呼：「你怎麼會變成這樣？」不瞞你說，這幾年我是真的被操到了。當然，外在的醜不一定能代表內在的美，相反的亦然。人的樣貌天註定，修身在個人，我常以某大師的名言「個性決定一切」當格言聊以自慰。

佛家有言「相由心生」，千百年來的菩薩總是慈祥，彌勒永遠微笑。因此當我們把醫生當作被觀察的個體，把那象徵身分障礙屏障的白袍卸下，剖開醫生的身體，同樣的流程反覆出現，成長學習的背景經驗，內心的困惑掙扎，喜怒哀愁，最終發覺醫生除了那身白袍，也跟一般人一樣。

套句KONICA名言「誰像誰？誰又不像誰？」註定了不管影像多麼細膩繁雜的處理，就是這個鳥樣了，也不必有什麼期待。因此，當醫生的如果看到希波克拉底對醫生的期待，肯定會幹聲連連，圈子外的人可能會笑翻天：「拜託，別鬧了，醫生！」現在的醫療環境告訴我們，希波克拉底的醫生形象是個遙不可及的理想。

人在異鄉

我不知道思鄉是不是一種病，如果是，那其實是不需要用藥或是手術來治療的一種病，聽聽來自故鄉的聲音，看看來自故鄉的人，或是回到故鄉走一走，就能不藥而癒了。

高中畢業後，班上的同學不是繼續唸書就是工作。因為經濟不景氣，待在家鄉找吃難，因此同學大多都到外地打工，尤其是到一水之隔的新加坡，讀書的則到台灣。不管是出國留學還是工作，人在異鄉，最難受的就是想家的時候，尤其是過年過節的日子。

一個人隻身在外，人生地不熟，八十年代又不是通訊很發達的時代，連打個電話報平安都有點困難，夜闌人靜之時，寂寞難免，受不了煎熬的人，即使是大男孩，眼淚也會奪眶而出，那種滋味還真難受。

當年出國唸書的幾乎都是到台灣，因為不論是學雜費，還是生活費，比起美日、英、紐、澳都相對便宜，而我們都是華教體系出身的獨中生。因此，台灣成了我們這一代升學的首選，加上以往的學長姐，人數多得可以組個社團。就如當年南來打拼的祖父輩一樣，為了照顧老鄉，大家就搞個同鄉會彼此照應。我們這些小輩也不遑多讓，依樣畫葫蘆的在台灣組了個鑾中旅台同學會，人人身上套件印上蝙蝠圖樣的黑色外套，加上一條全黑的褲，看起來有點混幫派的味道。剛開始還覺得是不是太囂張了點，後來發覺大家都一樣，類似的團體「×」中旅台同學會到處都是，更屌的都有，根本不必多慮。

台灣的學制與大馬不同，九月是開學季，每間大專的開學日也不一樣，僑生大學先修班（僑大）比其它的大專提早兩個星期。在台灣，大家攏嘛是中國人，過的節日都一樣，日子也相同。因此，僑大改制前在那唸書的大馬人，渡過的第一個節日一定是中秋節，同學會一肩擔起了解決學弟妹們想家過節時那種思鄉解愁的任務。正所謂人多好辦事，除了把家鄉慶祝中秋的模式搬過來，吃月餅、剝柚子、提燈籠、賞月之餘，可憐的學長姐還必須上台表演娛樂學弟妹，凌晨時照例陪菜鳥夜遊台北，直到清晨在永和吃燒餅油條喝豆漿才結束。年年如此，務必讓第一次人在異鄉的我們有家在大馬的親切感。現在想起，實在不是一件簡單的任務。

其實，台灣人過中秋都是在烤肉喝啤酒中度過。因為月圓人團圓，大家都會選在這個時節回家和家人或是朋友一起歡度難得的連續假日。月餅文旦成了送禮的佳品，賞月不一定如願，還得看老天爺的脾氣，如果秋颱恰好過境，一切就都泡湯，在鄉下還有提燈籠的樂趣，城市人哪來這一套？還是大吃一頓最實際。吃多了半生不熟的烤肉，幾杯黃湯下肚，體質差的當晚就來醫院急診報到，後來的也一樣，上吐下瀉、臉色蒼白、肚子絞痛、全身顫抖發燒，非得打幾瓶點滴才搞定。因此，雖在異鄉多年，還是保有家鄉過中秋的方式，偶而家人不在身邊，感覺還是很溫馨。其實，思鄉如果是一種病，吃藥打針手術就能解決，偏偏思鄉不是一種病。人在異鄉最難受的不是忘了故鄉的記憶，或是不再提起，而是何必提起呢？

貓抓老鼠

貓是老鼠的天敵，因此貓抓老鼠是天經地義的事。

現實中，可憐的老鼠為了躲避貓，除了逃，還是逃，也實在沒其它的辦法可想。卡通漫畫中的老鼠就不一樣，雖然還是逃，但是逃的過程中卻把貓耍得團團轉，這就是Tom & Jerry（湯姆貓與傑利鼠）的故事；動畫影片中，強大的湯姆貓一直追著弱小的傑利鼠，無限的想像力與匪夷所思的笑料就安插在一追一逃的過程中，一次又一次被戲弄的湯姆貓始終無法把狡猾的傑利鼠吃進肚子裡頭，兩隻小動物就靠著一追和一逃紅了幾十年。

這種你追我逃的戲碼天天上映，貓和老鼠換成官兵抓強盜。正所謂天網恢恢、疏而不漏，再聰明的強盜也有落網的一天，不是不報，只是時候未到，時間終究會證明一切。但是，無可否認的，現代的賊都比較有點子，逃的當中，聰明的賊確實會把不夠機靈的便衣刑警耍的團團轉，惱羞成怒的便衣情急之下只好掏槍一射，倒楣的賊就會被送進醫院急診。

那是一位約莫二十幾歲的年輕男性，除了頭部之外，全身都是龍虎妖怪的刺青，即使雙手鎖上手銬，還是勉強翻轉雙手指著屁股哀哀亂叫。

「屁股沒事。」

「是下背部啦！」

「痛死了！」

「醫生……」

劃一刀都很痛，更何況是槍傷。

「你叫甚麼名字？」年輕人已經痛的搞不清楚日月時間，更不必說名字，還是問問開槍的刑警吧！

警械使用條例第四條規定警察人員在執行職務時，如果遇有任何特殊情況時，就可以使用警刀或槍械，雖然有些綁手綁腳，卻也保障了警察使用槍械的合情、合法及合理而不濫用槍械。

年輕人是個通緝犯，全台走透透逍遙有一陣子，可見還有點腦子，來到山城算你倒楣，警察沒事就喜歡找人來逮；直覺告訴你，年輕人行跡可疑，被盤查時想落跑

（第三條、依法應逮捕、拘禁之人拒捕、脫逃，或他人助其拒捕、脫逃時。），被英勇的刑警抓住衣領，只好拿出把預藏的藍波刀反抗（第六條、持有兇器有滋事之虞者，已受警察人員告誡拋棄，仍不聽從時。），刑警迫不得已掏槍（第五條、警察人員之生命、身體、自由、裝備遭受強暴或脅迫，或有事實足認為有受危害之虞時。）一槍命中。

僅管如此，在這保障壞人人權高於一切的地方，就算你沒錯也應該要負道義上的責任（不知是什麼道理？），正確且適當的使用槍械沒錯，年輕人如果掛掉，排山倒海的社會輿論肯定會把這位英勇的刑警淹死。開槍之後的心理變化，恐怕也只有我們這些急診人能夠感同身受。因此，驚嚇過度的絕對不是年輕人，而是送病患到急診時表情嚴肅一言不語的刑警大哥。

「警察先生。」

「警察先生。」

「警察先生。」

連續叫了三聲都沒反應，刑警大哥的額頭、肩膀、手心都是汗，且是冷汗，顯然已經嚇呆，算了吧！先救人再說，刑警大哥，你可要撐著點，搞這位通緝犯已經夠忙了，還要應付那些早已排好陣式，準備獵取最佳畫面的記者以及一堆圍圈子看熱鬧的無聊人士，要分神照顧你就真的沒辦法了。

兵荒馬亂一陣，正要推病患去照X光，這時才如夢初醒的刑警大哥終於開口：「醫生，怎麼還沒把彈頭挖出來？」

俗話說：沒知識，也要有常識，不然也要常看電視，可能真的是看了太多不合情理的港產警匪片，中槍的英雄都是口咬著毛巾，喝幾口酒，直接用打火機消毒的菜刀把彈頭挖出來，真實情況當然不是如此，先急救，照X光，確定彈頭在那，再推去手術室處理吧！看著聞聲而來就地烤起香腸來賣的攤販，用口罩掩著嘴角笑容的護士小姐溫柔的說：「刑警大哥，不如先吃點東西，其它的交給我們就好。」看電視？當然可以，不要看港劇，不如轉去卡通台看Tom & Jerry，或許會有一些啟發。

螃蟹家族

「螃蟹一啊腳八個，兩頭尖尖這麼大個，爬呀爬呀過山河……」

這首「螃蟹」是有名的童謠，每當友人在他小孩面前唱這首歌，即使沒有想到好吃的大閘蟹，職業病的壞習慣也會令我想起另一類的螃蟹家族。當時我還未出師，經濟不太寬裕，有空時都到外頭的診所兼差。

剛開始來求診的是位年輕小姐，她是家族的小女兒，許多年前跑步時跌倒不小心被玻璃割傷小腿，血流如注之外，還有道五至六公分的撕裂傷，清創縫合之後以為沒事，疤痕卻不斷增生，最後竟然比原來的傷口還大，原本以為運氣不好碰到蒙古大夫亂亂處理，忍痛找美容整型專科醫生挨一刀（我想是冒牌的），結果還是一樣，疤痕更大。

我看著年輕小姐右小腿那道肉紅色隆起，周圍不規則如蟹足般的往外開展增生擴大的斑塊，心裡想著確實有點困難。

「很癢、偶而會痛。這些都還好。」但是，這麼大一隻螃蟹，「害我都不敢穿短裙。」狀如蟹足的外觀，顯然對眼前這位年輕小姐的心理影響甚大，「醫生，怎麼辦？」

蟹足腫（keloid）或肥厚性疤痕（hypertrophic scar）是一種不正常增生的疤痕組織，大多發生於有色人種，東方人的發生率也相當高，又以年輕人較多，常見於上臂、背部、前胸、耳朵等部位。肥厚性疤痕大多會在六個月之內自行退化變平，蟹足腫就不同，疤痕就如施了肥的藤蔓般恣意蔓延，增生的組織長得像螃蟹的腳一樣，所以叫蟹足腫。

「妳的病跟體質和遺傳性有關，不容易好，但是可以試試看。」

說實在的，這麼大的蟹足腫我也沒處理過，用矽膠片來貼壓按摩肯定沒效，兼差的這間小診所也沒雷射的機器，可以考慮用手術切除，但是這種體質，即使切得很漂亮，之後長出的疤可能比現在的還大，那一世英名不是毀了。還是保守些，用局部類固醇注射，雖然只能使疤痕稍為變平、顏色變淡、比較不會痛也不會癢，根本上疤痕不會完全消失，而且容易復發。真的不行只好到大醫院去動手術，術後再配合局部類固醇注射或是雷射治療，減少復發的機會。

壞話先說在前頭，免得又被說成蒙古大夫，賠了夫人又折兵。幾次療程過後，大螃蟹不但沒有瘦身成功，顏色變得更深，如鼓起的一張紅色貼紙浮貼在年輕小姐白皙的皮膚上，仔細瞧瞧，又似漫不經心潑灑在白色畫布上的水墨畫，效果實在不如預期，準備被K吧！年輕小姐卻出乎意料的連聲道謝，經過我的妙手，那隻變形醒目的大螃蟹竟成了年輕小姐朋友們競相模仿卻又無法達成的目標，實在令人百思不解，一向走在流行時尚前端的跟診護士偷偷告訴我現在流行tatoo，越稀有越古怪的越受歡迎，聽在耳裡，心裡頭真的是五味雜陳。

呷好逗相報，接著是家族的媽媽，一位打扮時髦，衣著入時，不擇不扣的摩登上班族。簡單的自我介紹後，話也不多說就進入正題。因為最進月經量很多而且很痛，到婦產科檢查後發現子宮生了肌瘤，醫生建議手術，「我想知道開刀後，腹部上那刀痕會不會像我小女兒腿上的疤痕一樣那麼大？」如果是這樣，以後怎麼穿比基尼泳裝？

臨床上判斷病患有沒有蟹足腫這方面的體質還未有很好的方法，總不能劃一刀看癒合的傷口會不會變成螃蟹吧！拉開上衣的袖子，只要檢查左肩膀上外側小時候接種卡介苗的部位，看看疤痕有無異常的增生就可。

喔！好大一隻螃蟹。

家族的大姐也一樣，問診時直接掀起上衣露出異常堅挺的E罩杯乳房下方的兩隻螃蟹問我：「這該怎麼辦？」

我也無能為力，還是請教當初操刀的醫師吧！

現在身為急診人，已經很久沒處理過這樣的病患，也不是我的專長，聽到「螃蟹」這首歌，除了螃蟹家族，還會想起一則〈賣螃蟹的故事〉的故事。

〈賣螃蟹的故事〉作者敘述小時候跟媽媽去菜市場，每次來到海產攤子前，他都會好奇的往水桶裡頭瞧，只見生猛的螃蟹競相往上攀爬，不一會就攀到桶的邊沿。作者禁不住喊到：「媽！你看！螃蟹快逃掉了！」賣螃蟹的人聽了回說：「跑不掉啦！底下其它的螃蟹會把那些往上爬的都拉下來！」

當時似懂非懂，大學畢業後出社會工作，雖然是人事較單純的醫療行業，卻也是螃蟹一族到處充斥的險惡社會，每個人無不以拉你下台為目的，這是他人的人生經驗分享，不也是自己人生的縮影嗎？

噶瑪蘭的燭光

中學時上生物課，第一次聽過食物鏈這個名詞。「食物鏈」是自然界生物依存中食物供求的關係鏈，它的起點是生產者，也就是植物先利用太陽能，經由光合作用產生並且貯存於分子中的能量會被初級消費者（草食性動物）所攝食，初級消費者又被高級消費者（肉食性動物）所捕食，不論是消費者或是生產者，掛掉之後都會被細菌（分解者）所解決，這一捕食分解串聯的關係就是「食物鏈」，如同金字塔一般，生產者是這個生態體系的最低層，所佔的數目一定最多，而消費者層次越高也就是越高階的生物，數量就越少，如此才能維持生態的平衡，卻是個很殘酷的你死我活的現實世界縮影。

我把龐大的白色巨塔比喻成另類的「食物鏈」，醫學生是這個鏈的最底層，中間是暗地裡角力不斷鬥爭往上爬的醫護人員，病患的權益是這個金字塔的頂層。因此，當病患看見一位呆頭傻腦的醫學生拎著聽診器走進來要求病史的詢問及身體理學檢查時，他有權可以沒有理由的拒絕。

不說你也知道，誰要一位甚麼都不知道，並且對自己的病情一點都沒幫助的醫學生上下其手東摸西捏的搞來搞去？

當我們在五年級到病房見習時，無可避免的都會碰到這種軟釘子，尤其是不小心抽到身分地位特殊的非一般病患，偏偏全台頂尖的台大醫院的病患絕大部分都是如此難搞的非一般病患。

當肥頭大耳的內科總醫師把明天的作業寫在白板上時，也就是我們痛苦的開始。為了公平，大家無異議的抽籤決定該向那一位新入院的病患開口，上上籤是病患的福氣，下下籤的自求多福，怨不了誰，一切天注定。倒楣的我一如往常抽到單人套房，看來又要空手而歸，明早自己編故事瞎掰。

敲門進去，還未見到病患，就被一位中年婦女攔下：「幹甚麼？」道明來意後，看著中年婦女一臉不歡迎你而翹起的僵硬嘴角，心裡也已做好準備轉身開溜的打算。

中年婦女這時卻開口，僅管心裡頭不高興，還是語氣輕柔的告訴我病患剛到，要休息，「恐怕不是很方便。」

早知就是這種結果。摸摸鼻子正待跨出房門，病患剛好從門邊的洗手間出來：「小弟弟，有甚麼事嗎？」

真是柳暗花明又一村。中年婦女還不死心的開口阻止，老人家說：「不要為難人家。」

此後故事峰迴路轉，病患對自己的病史交代得一清二楚，同時不忘提醒我漏掉的部分，還親自帶我做一整套的腹部理學檢查，想必是位老醫師。一個小時下來，令人有如沐春風之感。

當時的情境至今仍然歷歷在目。

這位令我不但順利完成個案報告這件小事，並且讓我瞭解做人處事的病患和我僅有一面之緣，他的名字叫陳五福。

往後即使到眼科實習，也蒙查查不知道這位眼科大師的偉大感人的事蹟。回馬之後，無意中看到本地作家戴小華所寫的一篇訪談，如此熟悉的名字，回憶終於如潮水一湧不可收拾，拜託在台友人買了本《陳五福傳》細細拜讀，當時真是有眼不識泰山。

陳五福博士，一九一八年生於羅東，他的故事是一則動人的傳奇，一生堅持人性化醫療的信念，堅持關懷和行善，並將一生奉獻給盲人，無怨無悔的服侍這一群弱勢同胞。一九五九年在羅東鎮北成街創辦「慕光盲人習藝所」，一九六六年獲日本福島大學醫學博士，一九九七年十一月八日辭世於羅東博愛醫院。

他不僅被稱為「台灣的史懷哲」，更被宜蘭人譽為「噶瑪蘭之光」，燃燒自己，照亮別人。

道×佳來的病患

婦產科實習結束後，我在馬的實習醫師生涯也暫時告了個段落，等待分發的空檔，我們這些既無錢又沒權的小醫師通常都會被醫院行政部門依照各科人力短缺的情形來發配，之後再按衛生部的調配分發到全馬醫師人力更短缺的偏遠地區。

神經外科不是我的選擇，卻是人力最為迫切填補的單位，醫院當然把我丟到那磨練幾個月。

吉隆坡中央醫院（ＧＨＫＬ）是中馬地區醫療資源最豐富的公立醫院，更不必說神經外科這種罕有的單位，中馬地區十個指頭都數不完的腦神經外科專科醫師都在這，所有中馬地區頭部創傷腦內出血或是頸椎受傷的病患也都會送到這，轉診的電話接到手軟，一個晚上就會把當天空出來的病床及呼吸器用光，等著進來的還有一堆待在急診室，儘管資源最豐富，還是無法填滿這個無底洞。因此，那些已經完全無望，只是靠著呼吸器、強心劑勉強維持生命現象的腦死病患都會無可奈何的被放棄，把資源留給那些未來還有希望且是年輕的病患，適者生存的叢林法則在這活生生的上映，看似殘忍，其實是不得已的事。執行這個任務的當然是主治醫師，除了勇氣可嘉，還必須堅強的沒有一滴眼淚，真的是並非每個人都能勝任愉快的工作。

轉診過來的病患大多是位處偏遠地區，晚上大該都只有一個小醫師值班的公立醫院，其間還和當時已經失聯許久的開敦兄通過電話，待在文德甲的他轉了最多的病患過來，可能是kampung（鄉下），騎機車的都習慣不戴安全帽，出了事，頭部大概都不能倖免。也有從私立醫院轉過來的病患，但畢竟不多。有錢人大該都不會選擇到公立醫院來受罪，好的醫師都在私立醫院，送到公立醫院等於是被那些菜鳥拿來練刀的對象，尤其是atama的問題，這是大家都知道的公開秘密，誰敢來？

私立醫院講的是錢，除了錢還是錢，不然就是「權」。GHKL外頭有間著名的私立醫院道×佳，每當GHKL的電腦斷層當機，那些atama有問題的病患不是送到巴生中央醫院免費做斷層，就是自費抬到最近的道×佳做頭部掃描。有一回，我還被醫院高層留置，等病患家屬拿錢來換片子才放人。

雖然是臨近的醫院，卻鮮少有病患從那轉過來，被轉過來的通常有兩類。第一，出了問題無法處理而丟過來死馬當活馬醫的病患，想也知道，誰想病患掛在自己的醫院？第二，沒想到要這麼多錢而繳不出保證金的病患。前者轉過來大概也不會有什麼好下場。

那天值班正好接到一位道×佳醫院轉來的病患。五十幾歲的中年婦女非常客氣，一直說不好意思，麻煩大家了，自己運氣不好，晚上騎摩托車被汽車撞倒，司機揚長而去，好心的路人把她送入道×佳，腦部電腦斷層顯示左邊硬腦膜下出血，雖然意識清楚，但是硬腦膜下出血的風險就是會有個清醒期，過後病患會陷入昏迷，一個簡單的手術就可解決病患的問題，看診的腦神經外科醫師建議開刀，初步算一算，保證金要五千多馬幣。三十多年來都是做家庭清潔的工作，先生早走，小孩各有各的苦衷，中年婦女一時之間哪來這麼多錢，只好轉到GHKL。待了一個晚上還能跟我談笑自如，也算是奇蹟。那份轉診單的字體簡直是象形文字，只好隨口問她：「哪位醫師把你轉過來？」中年婦女子指著正巧經過的阿尼醫師：「就是他！」

外科醫師一向來都很自負，物以稀為貴，腦神經外科專科醫師更不得了，走起路來虎虎生風，上至主任，下至各個主治醫師，出入都是寶馬、馬賽地轎車。公立醫院的薪水根本不可能讓他們有這樣的享受，公餘之閒到處兼差已經是個公開卻不能說的秘密，連我這麼機車的人都能忍受，可愛又樂天知命的大馬人更不必說，只是，大家真的不生氣嗎？

喉嚨的SPA

據說中國古代四大美人之一楊貴妃喜歡泡湯，尤其是牛奶浴，洗的肌膚光溜溜般晶瑩剔透。唉！這麼賣力，也是為了皇帝的恩寵，為了生活，貴妃才要拼命的洗身體。

幾百年後貴妃貴妃出浴的戲碼給了××川貝枇杷膏的廠商想到個點子拿來拍了支經典電視廣告，影片最後是大肥婆×貴妃嬌滴滴的拿著枇杷膏喉糖說保養要做一套，喉嚨也要做做SPA，我是貴妃咧！即傳神又切題，不但止咳化痰好，煙酒過多，睡眠不足，喉嚨痛、聲音啞，一樽攬掂晒（廣告經典詞）！

現代都會男女沒人不曉得SPA，究竟什麼是SPA？像我這種老蕃芋也不是很清楚，只好從網路抄來一同共賞。

SPA的典故頗為久遠，字源是拉丁文Solus（健康），Por（經由），Aqua（水）的縮寫，簡單來說就是藉由水而使身心健康的意思，也有說是古羅馬時代在比利時阿德南絲（Ardennes）森林區中一個叫SPA小鎮的居民發現此處湧出了許多自然的泉水，水質鹽分極低，且無礦物雜質，不管是飲用或用來泡浴對人體均有很大的益處。因此居民都用來治療疼痛與疾病，可說是現代SPA的發源地。

喉嚨也要做SPA，除了貴妃的搞笑廣告，現實中真的有人來到我面前說：「醫生，我的喉嚨要做SPA。」

病患的年齡和我差不多，男性，只是沒有禿頭，眼睛炯炯有神（不像有精神疾病），八字鬍，牙齒潔白，沒有菸、檳榔、酒渣殘留的痕（不像黑道的來找麻煩），一身燙的畢挺的中山裝扮（那應該不是流浪漢），挺著個啤酒肚，家住在以木雕聞名的三義，那兒多的是臥虎藏龍的料，看起來也真有點藝術家的味道，說不定還很有名，只是各行有各的專業，就是想不起曾經在那個電視節目看過他，直到對方喉嚨張開檢查，我才恍然大悟，那麼大的一張嘴，不就是地方性客家電視歌唱節目的台柱××。

「實不相瞞，最近有大人物要來地方考察，老闆叫我們準備個特別節目招待貴賓。不知是天氣熱，還是感冒，聲音有一點沙啞，這是從前沒有的事，所以趁假日有時間趕快來看醫生。」

我坦白告知不曉得喉嚨可以做SPA，不管怎樣，SPA確實和水有關，水療是它的精髓，沒有水的療程，好像就不是真正的SPA。所以喉嚨的SPA應該就是多喝水，不要多說話，避免熬夜，酸、辣、炸、烤的刺激性食物不要吃，戒菸，也不要酗酒，更重要的是放輕鬆。因為壓力一來，火氣就會上身，人體的免疫抵抗能力就會下降，病毒就會趁虛而入，到時容易感冒，喉嚨肯定沙啞。身為醫師的我可以開一些抗發炎、消腫、止咳、化痰的藥物替你減輕喉嚨不舒服的症狀，順便開罐漱口水。

「但是，我想你的聲帶可能長繭了，應該做個喉頭鏡看一看。我替你安排個時間來耳鼻喉門診檢查。」

「喉嚨真的沒有辦法做SPA？」××顯然還不死心。

再問下去，我只好教他請教廣告中的大肥婆如何替喉嚨做SPA了。

我想了想，現代人壓力那麼大，SPA經過時代長期不斷的演變之後，加上有利可圖的商業手段包裝推銷，使得SPA也不只是只有水療的三溫暖和泡溫泉而已，還加入了加入健身、美容、按摩、瘦身、冥想、精油、芳香等等所謂的療法，讓你滿面倦容走進來，經過一番身體、心理、及靈魂全面的洗滌與保養，再容光煥發走出去。那可不是現代人減壓的方式之一？

喉嚨的SPA，想必就是如此這般。如此來一套，代價恐怕不輕，還是多喝水吧！即簡單又方便。

博感情

南部人有句話「博感情」（Bua Gam Dzing），所謂一次生，兩次熟，三次變哥兒，見面哈腰鞠躬，酒一瓶，來根菸，不怕你不來，來了肯定有好康，「博」來「博」去就有了點感情，辦事也方便多了。但是，「博感情」的「博」字ㄅㄨㄚˋ用在不同人的身上可能就有不同的解釋。

對於一個好賭的人來說，「博」除了賭，恐怕也沒其他甚麼意義，有句話「放手一搏」，比喻做沒有把握的事，希望僥倖得逞，有賭的含意，也是「博」。對於大多數人來說，「博」指的是盡自己最大的努力做某些事情來讓別人感動，以取得他人的信賴來爭取或獲得友誼的「感情」。身為醫師，更是無時無刻不在「博感情」。

從待在單純的象牙塔開始，你就不得不「博」。與其它的大專院校一樣，醫學院裡頭多數採取學長姐帶學弟妹的制度。當你一腳踏進醫學院的大門，讀書之外，吃、喝、拉、撒，外加玩樂，都有學長姐的指導，方便你適應繁忙的醫學生生涯，以及紓緩功課的壓力。到了五年級時，導師由醫學院的人換成了大學附設醫院（台大醫院）的教授，一直到畢業為止，中間大概都不會更換，都是同一位導師。對於一開始就立志要待在全台第一醫院的同學來說，你和導師的關係麻不麻吉很重要，尤其是科內輩分很高的導師，俗話說：「好的老師帶你上天堂，不好的老師讓你下地獄。」可想而知導師有多麼重要，把導師當作人脈來經營，也許有那麼一天，導師有機會幫你牽線，那真是事半功倍了，「博感情」也順理成章成了醫學生課業以外必修的額外學分。

當醫學生尚且如此，出了社會這個大染缸，更少不了「博感情」的事。不論是工作或是帶職進修，如果只是埋頭苦幹作份內的事，不跟老闆、上司、同事多討論，下班後直接回家，從不應酬交際，如何「博感情」呢？尤其是「醫」業有成，想更上一層樓走政治這條路的人，以台灣的選舉文化而言，沒「博感情」，何來選票？即使是超高人氣的馬英九，也要以long stay的方式來「博感情」。當然，總不能經常住在他人的家來「博感情」，喝酒才是「博感情」最常見的方法，就算酒量不好，還是得「飲落去！」「乎乾啦！」於是大家都得趕攤「博感情」，拚酒量，酒杯千萬不可離手，一杯，兩杯，再來幾杯，不醉不歸。

長期如此「博感情」，怎麼可能不找醫生呢？通常這種ＶＩＰ病患大概都不會落在我們這些第一線急診醫護人員身上，老早就透過關係走後門到大醫院看大Ｐ去了（大教授）。只是選舉越近，基層跑得勤，趕場續攤更密集，夜深人靜，又剛好在荒郊野外「博感情」，臨時肚子痛，還是會被送到小醫院來，這時換成醫護人員來「博感情」。只不過是喝多了引起的酒精性胃炎，打個止吐針，吊點滴，休息一晚上，保證第二天一樣可以繼續「博感情」。是嗎？So easy？如果真的這麼簡單，那就不叫ＶＩＰ的病了，除了抽血、驗尿、照Ｘ光、心電圖、腹部超音波電腦斷層一定要做，最後還得會診腸胃科做消化鏡，也把外科叫來，說不定是盲腸炎，多一個意見做參考也好。酒醒後的ＶＩＰ拍拍屁股繼續「博感情」，院長、執行長、主治醫師哈腰恭送。所謂ＶＩＰ的病，一定非得搞得如此大陣仗及勞師動眾才算數。

人在江湖，身不由己，我也是拿人錢財給人消災。話說回來，可別以為ＶＩＰ的待遇永遠都是如此。潮起潮落，再怎麼風光也有不得志的時候，選舉的殘酷在於勝者為王，敗軍之將何以言勇。落選的ＶＩＰ在沙場混了這麼多年，對於這樣的生態恐怕比你我都清楚，搞不清楚狀況的永遠是那些圍在ＶＩＰ身邊，結果一人得道，其它跟著升天的雞犬。傷風感冒掛急診指定要胸腔科醫師看診，拉肚子一定得找腸胃科，

「博感情」累了，想住院幾天休息，甚麼？沒床，叫院長過來，替我準備單人套房，唉！請你自己去聯絡協調吧！現實莫過於如此，世態炎涼，過去呼風喚雨的ＶＩＰ也怪不得人。這讓我想起以前家鄉選舉時，選民經常是左手拿執政黨候選人的禮物，轉個身右手蓋反對黨的章，「博」其實並沒真正的有「感情」，何必呢？

通靈者

這是位七十多歲的老婦人，有高血壓病史，多年前因為冠狀動脈疾病到醫學中心做過心導管檢查，並且放了根支架，即使定期在心臟科門診追蹤，還是每隔幾天就到急診報到。

老婦人每次的主訴都是胸痛、冒冷汗、呼吸會喘，她的血氧濃度在室內為百分之九十九，胸部聽診沒有喘鳴的聲，心電圖沒有新的變化，X光片也沒肺充血的情形，初步診斷為心絞痛，先含顆硝酸甘油舌下錠，嚼兩顆阿斯匹靈，用鼻導管氧氣，觀察四個小時，如果心臟酵素報告正常，胸痛也已改善，再重複做一次心電圖及心臟酵素，還是無異樣，就可放老婦人回家，病患照例會問一些問題：「醫生，為什麼會這樣？」一長篇大論說了一遍，老婦人最後又問了個問題：「醫生，通靈會不會這樣？」

古早時候，一般人根本沒什麼知識，對於許多當時無法解釋的事情，大如國家災難，瘟疫傳染病，小至家庭變故，個人的怪異言行等等，這些都通通規類為冥冥之中自有定數的事。

遭逢不幸的人認命也就罷了，有些人就是不甘心，就會開始胡思亂想，這種倒楣事怎可能發生在自己身上？就算是歹命一條，難道「命運」真的是不能改的嗎？這些偉大的神，可惡的鬼，憑什麼可以就一直這樣支配我們人的命運，就只是因為這些令人敬畏的神鬼，一個住在天邊，另一個躲入地底，就算不爽，也不知道怎麼去找他們算這筆帳嗎？

天地確實大，叫天不會應，喊地也不靈？如此就叫人認命，說得過去嗎？腦筋動得快的人就會開始想，如果有個能夠上天下地，穿梭陰陽兩界傳遞言語供雙方對話協調的仲介人，這問題不就解決了嗎？於是就有代言人角色的產生，這種「異」人，就是所謂的通靈者。

現在知識普遍，很多以往無法解釋的事都有個合理的說法，即使摸不著邊，隨著科技的發達及進步，大該都能夠理出一個前因後果，只是時間長短的問題而已。

然而，鬼神之事在一般人的腦子裡還是遠古神秘的事，尤其是我等小鎮的鄉野小民阿伯村姑，問鬼神可是大條的代誌。通靈者也是無處不在，一堆的道場、小廟、寺院到處林立，個個都叫得出名堂，那些沒有名氣的小鬼神就將就點養在住家。

作為代言人的通靈者，說的話也是份量十足，在當地的鄉團會社也都有一定的「江湖」地位，沒有介紹人，還不見得請得動。更神的是，通靈者個個看來好像都有一段特殊的經驗，通常都是小時候有一段奇遇，接著必定是怪事連連的成長過程，機緣巧合之下進入這一行，最後奇蹟般通過神鬼的認證，擁有現代科學無法解釋的能力，自由進出穿梭陰陽。

至於中途出師的那些更「神」，你必須要有天生問鬼神，通陰陽的體質，比如陰陽眼（反正就是特別的意思，似乎也一定要扯上諸如此類無法檢驗的東西才有神秘之感，否則怎有說服力？），千篇一律的故事到最後總是令人有是不是訓練過，套好招編造出來的。

通靈者這種「異」人，很難用現代醫學的知識來解釋，勉強說來就好像心理醫師一般，我想有的可能比心理醫師還厲害，因為來找通靈者的人，心理上必須要有這是「可能」的，否則很難因為突如其來的一段鬼神與人的對話而相信這是「真」的。而不同形象的神鬼，也是不同文化背景問事者必須藉此達到認同的第一關，比如拜觀音和三太子的身神，當然不可能是同一個，所謂的那些姓名、生辰八字、住址等等只不過是增添神祕的虛招而已，然後在問事者不知情的狀況下卸下心防，有點類似催眠的意味，而「神鬼」上身之後陳述的往事剛好又與事實有某種程度的契合時，法力的高低立下就見真章。

靈驗是檢驗神鬼唯一的標準，也只有當事人才知道。不管真本事還是假混混，想要在這行出頭天，一定得唬得人家又敬又怕、傻呼呼、愣呆呆，而靈不靈不是法力不到家，而是你不夠虔誠的關係，可見做這行，還得有推託耍賴的本事，也不是想樣中那麼好混。

我當然無法解釋為什麼老婦人每次都是通靈之後發作。如果你有過通靈的經驗，或許可以解答，沒見過通靈場面，倒可看看好久以前一部由美國影星黛咪摩爾主演的好萊塢大片《第六感生死戀》，影片裡頭由戈碧虎珀所飾演的通靈者通靈後必定是全身虛脫，可能真的是如此吧！

通靈就像耗盡精力去完成一趟艱巨的任務，之後當然倒地不起，嚴重的話還會按著胸口，狀如心肌梗塞的冷汗頻冒，呼吸困難，嚇的問事者趕快叫救護車送到醫院來。如此反覆幾次，最後當然會碰到正好當班的我。

身為急診人，日日夜夜重覆拉生救死的工作，當然碰過一些無法解釋的事，心中疑惑之餘，實在也忙得沒時間去探究為什麼？待在這行越久，越相信因緣果報。因此，人生在順境或是盪入谷底時都要保持平常心，珍惜緣分，善心善緣，畢竟還是根本解決問題之道。

生與死

我從事急重症醫療多年，對於生命的無常有很深的體會。生命的喜悅與悲哀，往往就在一瞬間交替而至。由欣喜至傷悲，或從傷悲至欣喜，兩者相互交替的震撼常令人覺得弱小生命處在大宇宙環境中的脆弱是多麼的不堪一擊，在還未來得及感傷時，悲傷的情緒已經消逝，代之而起的是一陣欣喜，也隨著悲傷的降臨而雲消煙散，生命的起伏落差就在彈指間消失得無影無蹤。這種如入極地而冷暖自知的情緒轉換並非剛入行時就能體會，你往往必須經歷了許多生離死別的場面才會有一點點的感觸，至於剛開始的震撼教育，恐怕是所有醫護人員最深刻忘不了的記憶。

我清楚記得那是在婦科癌症病房值班的最後一夜，對於一位實習醫師來說，也不會有什麼大 case 讓你來處理，大多數是剛入院病患的病史詢問及理學檢查，或者是緊急手術時當拉鉤的助理而已，如果碰到好學又勤勞的住院醫師值班，那可是一夜好眠的事了。因此，當傳呼機響起嗶嗶嗶聲時，我正在翻閱第二天工作場所的手冊——產房須知，等個幾分鐘也無所謂吧！還未覆機，小護士已急促敲著值班室房門：「醫師，二十九號床病人已不行了。」那不是應該Call主治醫師，總醫師，或者是住院醫師來急救嗎？我這實習醫師連插管都還在摸索咧！你是不是新來的護士喔！歹勢，大家都上刀了，整間病房只有你是醫師，這樣的場景真是令人血脈沸騰，會讓你的腎上腺素急速上升也，不知哪來的勇氣，拉起小護士的手就往病房衝，衝，衝。

折騰了十幾分鐘，氣管內管插上接著呼吸器，繼續壓胸，強心劑三至五分鐘給一次，一下、兩下、三下……幾個循環之後，病患的心跳終於恢復，量Vital Sign，有脈搏，血壓一百三十五／七十二mmHg，我和小護士興奮的相互擊掌道賀，恭喜第一次急救成功，接下來還有許多事要做。正當我和小護士忙著打中央靜脈導管時，住院醫師正好趕來，看到我們大戰過後的場面，也不知是驚訝？還是讚歎？只見他匆匆把病歷翻了一遍。

二十九號床病人是位中年婦女，身體狀況一向良好，心血來潮跑去做身體健康檢查，發現時已是子宮頸癌末期，癌細胞擴散至肝、肺及腸，甚至膀胱。入院時已呈半昏迷狀態，事前已向家屬說明病情的嚴重性……還未翻完，住院醫師已悄悄把我和小護士拉到旁邊，本來以為是嘉許一番，怎知卻是：「妳們知道這位病患已經簽了放棄急救的切結書了嗎？」菜鳥護士與實習醫師，這個玩笑開的太大了吧！「我了解你們的努力及付出。」

問題是，現在要怎麼收尾呢？我和小護士相對而視，不知所措。

最終病患還是過世。生與死，不過是一線之隔，如果說死亡是生命的終點，那就放棄吧！這是急重症醫療的核心價值，因為生命終究有始有終，如何拿捏就考驗醫護人員的智慧了，這麼多年過去，其實也沒什麼大學問，講白了就是經驗，生與死，真的不是一道簡單的選擇題。

河童醫師

芥川龍之介是已故日本著名的小說家，創作了百多篇短篇小說，大多篇幅不長，可看性極高。一九二七年發表了經典作之一《河童》，以簡潔有力的文字語言來表達他對當時社會及其制度的尖銳嘲諷及批判，同年七月二十四日自殺身亡，結束短暫的一生。

「河童」其實是日本民間傳說中水陸兩生的小水妖，據說身軀約一公尺高，頭頂了個裝滿水的盤子，裡頭的水一旦流失，河童的法力也會跟著流失。因為是傳說，就好像叫你畫個鬼神一樣，那可是沒有極限的發揮題，所以面貌的描述多的不勝枚舉。綜合所述，大概不外是披了個暗綠色刀槍不入的甲殼、長著張青蛙臉、嘴尖像鳥喙、四肢手爪間有特殊的肉蹼而能在水中快速前進游泳、全身長滿體毛的小怪物。直到現在，日本九州地區有人還是相信河童確實存在，還有當地貴族代代相傳的河童標本可供參考。

如此醜陋的形象，單憑想像已經有夠噁，如果真的有河童，那不嚇死人才怪。但是，我服務的醫院真的有河童，就是在下我，當所有人都在哈哈大笑的當兒，那位病患也跟著傻傻癡笑，給你開個兩天的鎮定安眠劑，趕快離開我的視線吧！但是事情的發生已經到了無可挽回的地步，「河童」醫師成了我外號「猴爺」的另一個暱稱。

永遠一身大紅的露肚套裝，加上白框墨鏡，黃色披肩，腳套黑統長靴，騎著輛當時最夯的復古款式偉士牌機車的中年婦女就是封我為河童的病患。如此明顯的裝扮，想必你也猜到了——就是躁鬱加上戀情妄想（Erotomania）症的病患。醫師的過度關心會被患者錯誤且深信的解讀成眼前這個人真的愛上了自己，她會把不知是民國幾年拍的最性感漂亮的沙龍照拿給你看，證明自己曾經是個電眼大美女，甚至輕聲細語在你耳邊說：「這是我的房間私人電話，有空打電話來聊一聊。」記得喔！討厭！不來了！再寫下去就成了黃色小說。或許自己真的是河童，一位年長而擁有神力洞察人心的河童，中年婦女的把戲早被我看透。剛來的小小陳學弟滿腔熱忱，可能真的感動了那位中年婦女，頻放秋波之餘，還專案掛號寄了把鑰匙過來，並且黏在一張滿是口紅唇印的紙上。

這種強迫式的愛情妄想症，精神分析學直到晚近才把它歸入精神病症之一。嚴重的話，病患真的會像電影裡頭的主角跟蹤你、窺視你、騷擾你，甚至攻擊殺了你，就算是環球小姐，你也真的無福消受，為了避免你成為小報社會八卦版頭條新聞的主角，河童我只好犧牲自己（放心，我不會佔人家的便宜）。把她轉到精神科門診治療。鬧了一陣子，中年婦女終於重獲自由，有一天來到急診報到。「醫生！」叫的真嗲！以為是舊病復發，「我喉嚨痛、流鼻水、全身痠痛。」原來是感冒。當時沒什麼病患，於是天南地北的聊了起來，病情顯然控制得不錯的中年婦女根本記不起來自己曾經有過這麼瘋狂的舉動，不過還是對自己的條件信心滿滿，「只有人家追我，哪有我去倒追別人的事。」學弟雖然有些失落，卻也承受的起這個打擊。至於心裡頭暗自高興的我，心情在病患道別時的一句話中盪到谷底。

「河童醫生，拜拜！」

我怎也想不透，這種事她如何記得一輕二楚，精神科醫師無論如何應該要有個交代吧！

拉「K」一族

拉「×」一族，泛指那些熱衷喜好×而臭味相投且人數足以構成一個群體，因此我們把這些同好歸類為拉「×」一族。比如拉「霸」一族，大家都知道那些友都是賭博角子機的沉迷者，封你為拉「叻」一族，就是說你是那種喜歡哈拉打屁聽八卦小道消息兼且散播是非的人。所謂拉「K」一族，顧名思義——Ketamine的濫用者。

Ketamine（俗稱K仔），是種解離式麻醉劑（Dissociative Anesthetic），原本用來全身麻醉時誘導的藥物，尤其適合用於短時間之小手術。醫學生時期我們就學過Ketamine的藥理學，這種「俗」又「大碗」的藥早期就被德國人發現使用者會有身體與知覺發生解離的現象，就好像靈魂出竅一樣，可以在半空中俯看自己，那是種多麼美妙的事，後來卻被納粹拿來使用在俘虜身上，利用部分使用者發惡夢、意識模糊產生幻覺、做出一些行為及言語無法串連起來的事（其實是真心話），接著心防漸漸卸下的當兒誘使套取他們說出至死都不會說出來的國家機密。

現代的藥頭卻以Ketamine常見的副作用，比如心搏過速、血壓上升、全身震顫、肌肉緊責、陣發性痙攣運動等這些正常人過度興奮就會有的反應推銷給喜歡嚐鮮的青少年，後來更發現不僅可以口服和注射，也可以像粉仔般用鼻子或化為煙霧來吸，無論如何都會有以上興奮欣快感，加上使用者會產生影像扭曲的視幻覺、身體會失去平衡，對環境的認知喪失，嚴重的協調性喪失、疼痛感覺降低及暫發性的失憶，這些都讓有心人有機可乘，然後就像「撿屍」般被人家搬回家任意妄為，年輕人不可不慎，而源源不絕的貨源及取得的管道容易，使到Ketamine近年來在台灣遭嚴重濫用。尤其是青少年。

大學時，我們也都很好奇，也特別感興趣，Ketamine是不是真的能使人在半夢半醒之間坦蕩蕩的說出真心話？因此當痲醉科的大P試探性的問我們要不要嚐試時，大家都一致推出老爸開醫院的富家子楊××當白老鼠。事後他確實忘了曾經說過的話，更記不起來到底發生甚麼事，同學也都信守承諾，那一段往事成了永遠不能說的秘密。

身為急診人，不可能沒有處理過Ketamine急性中毒的病患。然而，我的這群拉「K」一族似乎都是適「量」而止，拉「K」之後的腸胃的症狀以噁心、嘔吐居多，少見肚子痛。

這群「K」仔，如果說腹痛，上腹部就硬得像鐵板皮一樣，以為是胃穿孔，X光照了沒事，打針抗腸胃痙攣劑，吃兩顆胃藥。還是痛！接上點滴抽血檢查，免費做腹部超音波，即無肝膽結石、胰臟正常、胃壁也沒增厚、血管好的不得了，還是送他一針胃潰瘍特效藥，應該沒問題了。「醫生，更痛！」年輕人，你不會是心肌梗塞的異常表現吧！做個心電圖，正常，來針止痛劑，此時抽血報告也回來，OK，「K」仔卻已痛得在地上打滾，「護士，來支麻啡Demerol。」安排上消化鏡看看，抱歉，無異常發現，請排除其他造成上腹痛的原因，電腦斷層總該有個答案吧！如此折騰兩個小時，片子出來後還是沒有答案，怎麼那麼難搞？入院觀察做更詳細的檢查好了。原是痛不欲生的「K」仔突然告訴你：「醫生，好像不痛了。」

同樣的症狀，不同的臉孔，一樣的處理過程，俗語說「凡走過必留下痕跡」、「上的山多終遇虎」，最終還是逮到了鼻子一團粉末的「K」仔，這才發覺這些年輕人原來彼此都是拉「K」麻吉一族，驗個尿後真相大白，通通送支鎮定劑Valium睡覺搞定，時間到了，Ketamine的效用過去就不痛了，再來就報警處理。這群非一般病患的拉「K」一族，生理問題還好解決，儘管告知Ketamine會引起冠狀動脈痙攣，造成心臟缺氧，心律不整而暴斃，但是長期使用Ketamine會產生耐受性及心理依賴性，造成強迫性使用，停藥後雖不會產生戒斷症狀，但不易戒除，說了等於白說，還是交給專家去解決吧！

命根子

小孩的包皮外傷與大人不一樣，大人多數是因嘿咻時方法不當而受傷，小孩的包皮大都很長，通常也沒穿內褲，又恰好穿著拉鍊外褲，尿尿時一不小心就會夾到包皮，驚嚇之下又上下拉動一番，包皮腫得更厲害，加上包皮又是個很敏感的地方，於是小孩痛得哇哇亂叫，父母趕緊送醫。身為急診人，這種事見怪不怪，印象最深刻的是位光頭的小男孩。

那是個夏日的午後，小男孩下半身包著條毛巾被母親抱著衝進急診，看來那話兒有問題是錯不了，「小鳥被馬桶蓋壓傷？」「翹翹板撞到烏青？」「打架踢到小雞雞？」「還是被球K到？」「都不是？」說話結結巴巴的媽媽已經語無倫次，小男孩除了哭，就是哭，怎也說不出話來，還是直接拉開毛巾看看吧！原來是條拉鍊倒吊附著在包皮上，龜頭好好的沒問題，先用鉗子將拉鍊的扣齒試著慢慢解開，不行，看來要用局部麻醉「硬」扯了，「拜託！拜託！醫生，我只有這個兒子。」哭的稀哩嘩啦的年輕媽媽看到醫生拿出個空針，什麼？要打針，立時昏了過去。

原始社會裡頭，人多好辦事是「鐵律」，為了繁衍族群，避免族群滅絕，並且壯大自己的部落來加強競爭的本錢。因此，大家都視繁殖後代為生命中最重要的部分。中國人也有句俗話：「不孝有三，無後為大。」可見傳宗接代對於中國人來說是多麼重要的一件事。

一對夫妻，只要結婚超過一年，身體健康，沒有避孕，而且有正常的性生活，如果還未生出小孩，就可能是不孕症，應該找醫生諮詢。但是，中國人就是這麼好管閒事，還未看醫生前，通常周遭許多關愛的眼神就會照過來，提供你一大堆的意見作參考，比如求神拜佛，吃不知是甚麼東西的補品，居家臥室風水的問題，吉祥幸運召子的物件，甚至連做愛做的事的時間、姿勢、體位等等都可能是生不出的原因，也都一一傳授。

土法煉鋼一陣子或許真的有效，其實是時候未到，瞎眼雞啄到米而已，畢竟是萬中之一的幸運兒，乖乖的找醫生檢查才是正途。

不孕症的檢查當然不是只摸摸那話兒罷了，但是大庭廣眾之下脫褲子掏出胯下那根給陌生人看，大男生還是會覺得有些不好意思。對於腋下胯下一根毛都沒的小男孩來說就簡單多了，那話兒只是尿尿的工具，這些小瓜通常會被父母帶去泌尿科門診，都是因為包莖的問題。什麼是包莖？就是俗稱的包皮過長。新生男嬰中百分之九十六都有包莖，稱為生理性包莖，這是正常現象。過了三歲以後則只剩百分之十的男孩，因為包皮末端緊束，無法將包皮退到陰莖的冠狀溝以上而將龜頭曝露出來，躲在裡頭的龜頭長期不見天日，當然容易藏汙納垢，久了龜頭就會搔癢、紅腫、疼痛、包皮變得紅紅腫腫，還有異味的分泌物，尿尿會痛，明眼人一看就知道發炎了，就會帶來看醫生，而且總是來急診報到，可見大家多麼重視那話兒的事，絕對不會坐視不理，發炎之後紅腫熱痛尚且如此，被夾到了那還了得，那可是一刻都不能等的事。「醫生！趕快救我的兒子。」放心吧！包皮又不是那話兒。

中國人管那話兒叫「命根子」，顧名思義，那是命的根，可見中國人，尤其是男性對它的重視程度。只是現代的醫療早已超出古人的想像，包括試管嬰兒的科技、生男生女的技術、產前基因的檢查及治療等等，使得繁衍後代其實根本不需要「命根子」，只要一條精蟲而已。對於數以億計的精蟲來說，「命根子」不是工廠，旁邊晃來晃去的兩粒睪丸才是，「命根子」不過是條輸送管道，說出來男生一定要抗議，卻是鐵一般的事實。以往「命根子」是繁殖過程中必不可或缺的器官，沒有它便代表失去繁殖能力，何來繁衍族群，族群最終必定滅絕，所以才將那話兒稱作「命根子」，某些族群甚至還當作神明來祭拜，當時自有其時代的實質及象徵的意義，現在變成男性藉此證明自己乃雄性哺乳動物存在的特徵，面子大於裡子，恐怕也是一輩子都解不開的迷思。

亞細亞的孤兒

《亞細亞的孤兒》是台灣小說家吳濁流的名著。

這篇小說的故事時代背景是當年清朝政府與日本簽訂馬關條約，把台灣割讓給日本的日治期間。這期間台灣人被徹底皇民化，許多人成了日本的走狗、漢奸，無論走到那兒都註定被人瞧不起與歧視。亞細亞是亞洲的古稱，台灣的地理位置剛好處於亞洲的邊陲地帶，孤兒的語意帶點爹不疼娘不愛的心酸。

小說的主角胡太明生於台灣，卻並沒有受到他的日本養母照顧，於是遠走中國大陸投入了生母的懷抱，也沒有得到溫暖，身分認同上又自認為台灣人，到最後變成豬八戒照鏡子——裡外不是人，真的成了孤兒。

當年大陸淪陷入共產黨時，有一批從雲、貴一帶撤往泰、緬、寮三國邊境的國軍，之後因為錯綜複雜的歷史因素無法來台而留在當地，本來被先總統蔣介石拿來當反攻大陸的前哨，最後夢醒了，國際形勢已經時不我與，老蔣又不敢得罪老美，只好公開說這些國軍自願留在那，一代接著一代，結果這些國軍的後裔完全成了無國籍的人球，有關這段悲情往事，作家柏楊先生以鄧克保這位孤軍的真人真事寫成一部小說《異域》，後來被擅長拍搞笑片的台灣大導演朱延平拍成嚴肅的史詩戰爭片一砲而紅，卻也無法改變留在「異域」國軍的命運，他們仍然是孤軍，生下的小孩都是無國籍的孤兒。

台灣著名的流行歌手羅大佑曾經寫了首歌《亞細亞的孤兒》——亞細亞的孤兒

在風中哭泣　黃色的臉孔　有紅色的污泥　黑色的眼珠　有白色的恐懼　西風在東方　唱著悲傷的歌曲……

同樣是黃皮膚、黑眼睛的中國人或許不再這麼悲情，吳濁流的《亞細亞的孤兒》有其特殊的時代背景，胡太明的悲劇一生其實也扯出了曾經面臨同樣問題的海外華裔，為什麼會成為孤兒呢？我們的祖父輩離開自己生活的土地（中國大陸），飄洋過海到異域（南洋）討生活，隨著時代的變遷，土生土長的第二代及第三代早已從漂泊無根的過客心態調整為落地生根的認同，把這塊土地視為安身立命之處，身分認同上已經沒有甚麼問題；但是有些人就是無法認同這塊賴以生存土地上的政治體制或價值觀念，尤其是放洋的留學生，其中又以留台的獨中生最執著，總是被人認為抱著大中華的大腿死賴在台灣不走而大做文章，原本只是精神的流亡，最後就演變成肉身的逃亡，在本國人面前強調自己中國人的身分，面對中國人同胞，又承認自己是外國人的身分，就算不是精神分裂，也是腦筋有問題，儘管都被稱為僑生，各個地區的僑生的特性又不一樣，僑教的政策卻是完全都一樣，問題當然就會發生。

大學時，因為僑生的關係，有機會結識了許多這些相同背景處境的朋友，最無辜的當然是那些孤軍的後裔，出得了國卻回不了家幾乎是大家的窘境，八十九年之前出來的還好，可以申請無國籍人士再拿身分證，八十九年之後就慘了，完全沒了下文。然而，許多孤軍的後裔仍然懷抱著祖國夢來到台灣，用的幾乎都是假護照，大學畢業後全都成了兩頭不到岸的人球，留在台灣是非法居留，無法打工賺錢，天天躲警察惶惶恐恐過日子，回去泰、緬、寮，尤其是軍人統治的緬甸，肯定會被抓起來關。

這些另類的孤兒，真是娘不疼爹不愛，是亞細亞孤兒最難堪的一群。每次看病碰到這些躲躲藏藏怕警察抓的僑生，想起學長姐弟妹們也有一段不算短的躲貓貓歲月，真是天涯淪落人，同情之心油然而生，卻也無能替他們做些甚麼。

沒有健康保險，在台灣生病看醫生，小病還可以，真要有大病，那可是一筆天文數字的醫藥費，這類亞細亞的孤兒滯留在台灣，連這點基本的人權都沒，最後只好走上街頭，過去歷史的錯誤，現代的政府能否還他們公道呢？亞細亞孤兒應該是歷史的過去，不應該是現在，或是未來中國人的悲情。

白衣天使

每年的五月十二日是護士節，全國的護士公會都會在這一天舉辦一場活動來表揚白衣天使平日無怨無悔的勞心付出來照顧病患，本來應該是歡天喜地的大好日子，近年來隨著護理工作環境及條件的惡化，白衣天使卻在這一天走上街頭去抗議，呼籲政府有所作為，還給護士一個免於暴力恐嚇威脅的工作環境、合理的工作量負荷，以及恰當的薪資。

護理是個偉大高尚的執業，不是一般人就能勝任的工作。護士節是國際護士協會和國際紅十字會為了紀念南丁格爾（Florence Nightingale, 1820-1910）而定的一個重要日子，也是南丁格爾的誕生日。

南丁格爾出生於義大利佛羅倫斯，她終身努力奮鬥不懈的事業就是護理工作，並且是歐美近代護理學和護士教育的創始人，護理人員有白衣天使之稱這美譽也是因她而起，而這也有一段很感人的故事。

當時是一八五四年，英國為了幫助土耳其將俄國人趕回去而爆發了克里米亞戰爭，大戰使得病患暴增，為了能夠照顧那些在戰場上受傷的士兵，南丁格爾冒著炮火轟炸的危險，自己帶著四十位護士前往前線，即使是晚上，她也提著燈巡視關心傷兵的情況，那些命如螻蟻的士兵們在微弱光線下看到穿著白衣的人緩緩走來，意識矇矓之下誤以為是上帝派來的天使，因此稱護理人員為白衣天使，雖然是個美麗的錯誤，卻也顯示出護理人員是個神聖高尚的職業，南丁格爾無疑是個典範。

當一位現代的護理人員，大概沒人想當南丁格爾，而且在你投入職場時必須有這樣的認知。第一，護理工作是輪班責任制，輪班意即日夜顛倒，責任制就是時間到了你不一定能夠準時下班，你必須把病患的病情交班完畢才能離開，這通常是正常下班的時間以後一兩個小時的事。因此，護理人員額外工作時間絕對超過其他行業，輪班的情況是你連續上班了六天，休息那一天就是你下大夜的時候，意思就是熬了整晚，下班後除了在床上昏睡，你還能幹什麼呢？生理時鐘還未調整過來，隔天就要轉班，三班就這樣輪來調去，你還有時間做其他的事嗎？這也是為什麼美麗溫柔的天使總是很難交男朋友，結了婚的護理人員大多從職場退下，全台領有護理執照跟投入職場的落差很大，這是主因。

第二，三班輪調最大的傷害就是日夜顛倒輪班，體內賀爾蒙容易失調，表現在外的就是滿臉痘痘，情緒起伏過大，三兩年下來健康狀況一定每況愈下，男朋友不體諒，如果先上車後補票，還得小心容易小產，有的根本就生不出來。第三，病患是你的衣食父母，不是只有醫療而已，吃喝拉撒要顧。醫療產業已經是服務業，顧客永遠是對的，被罵了不能還口，就算病患無理錯了，你也須發揮愛心不予計較，病患尚且如此，家屬更是不得了。

接下來是網絡護理達人請你投入護裡工作時必須認知的幾件事，看了令人觸目驚心，禁不住肅然起敬，護理人員真不是蓋的。身為醫師，確實能夠感同身受，特地節錄下來給有心人參考，因為這是真正護理人員的心聲。

1出狀況時，你多數是第一個被罵的倒楣鬼，因為你沒早點通知醫師，叫了如果沒事，又會被說成神經質。

2工作時上廁所，尤其是大號，你必須祈禱病患不要在這時候CPR。

3你有好像永遠做不完的文書工作，品管標準，在職教育，儀器保養，服務態度，專案報告，尤其是在教學醫院。

4護理也和醫師一樣，武功隨著時間的累積而增強，然而新人總是被放大檢驗，點滴打不上、打太久、打太痛、打不好，這些都是你的錯，病患永遠不會錯。

5勞動節是假日，護士節還是得上班，並且還得上台表演娛樂大家。

6別開玩笑，護士怎麼會生病？發燒吃個藥，拉肚子幾十次，多補點水分就好了，別想拿 Medical Leave，你掛了，誰去照顧病患？

7除了照顧病患的天職，整個家族成員健康還要你負責，遠親近鄰的詢問一定要熱心回答，各樣疑難雜症一定要變出藥來免費大贈送做公關。

8上班永遠要帶著五顆心，愛心、耐心、同理心、同情心、父母心，只要口氣不夠好就會被念：「你這樣怎麼照顧病人啊？」

就如同醫生一樣，你可以想像能夠穿上白衣，肩負擔當照顧病人的工作該是多麼榮耀的事，護理達人告訴你的實際的情況卻不是如此。如果以領有護理師執照的人力全都投入職場來看，確實能夠滿足市場的需求，但是這些白衣天使平均執業的年限並不長，一直做到退休的更少，中途離職轉換跑道的一堆，最後就變成了粥多僧少的現象，工作環境一直惡化，結果就是惡性循環，成了越來越難解決的問題。

原本是一份人人稱羨又穩定的職業，為什麼卻是那麼令人難以勝任呢？看了護理達人的苦水，就不難瞭解為何會如此。老美曾經做過一份職業調查，結果發現照顧人的工作最耗心力，也最容易對這份工作產生倦怠，不必多久就Say Good Bye了。

因此，每次看到憋尿變成膀胱炎、宿便一堆經常鬧肚子痛、三餐不正常飲食而胃潰瘍、壓力過大睡不著的同事掛急診看病，心裡都會有一種感恩的心，沒有他們，單靠醫師是絕對不可能給病患最好的照顧，雖然在這一行，我們也不一定懂他們的心？但是，一旦踏入護理這一行，你必須有這樣的體認，也要有一些特別的心理準備，才能做個真正的白衣天使，否則，白衣天使全病了，還有誰能夠去照顧病患呢？

天下第一男

我當實習醫師時，吉隆坡中央醫院（GHKL）婦產科是印度人的天下，我這麼說肯定沒人會反對，因為所有的主治醫師裡頭，只有一個華人、兩個馬來人，其餘都是印度人。主任亞克利看起來像印度人，其實應該是混了可能是錫克的血統，身材不高，看起來結實，一張國字臉乾乾淨淨的連鬍渣都沒，西裝永遠燙的畢挺，皮鞋擦的光亮，走起路來不疾不緩，遠遠看去真的有寶萊塢明星的架式，難怪被稱為「天下第一男」。

每天七點半的晨會，亞克利先生都會親自主持，英文溜的不得了的他當然無法忍受我們這群菜鳥的破英文，因此，每位實習醫師都必須準備一篇短文上台表演，亞克利先生會糾正你的發音、教你如何說正確的英國腔。英文超爛的我為了應付短短的五分鐘講演，通常都要花幾個小時準備，必要時還要請教那位澳洲畢業的同事阿友，臨時惡補英文課。四個月的時間，每天三十分鐘的晨會意外變成我中學畢業後最懷念的英文課。

當時大家選的文章都是些生活上有趣的無聊事。挑戰禁忌，尤其是在極度保守的環境幾乎是台大人的傳統，我也不例外，特地選了某西報漏網的一篇有關種族不平等的小文章。事後人人面無血色，場面有點尷尬，亞克利先生出來打圓場：「說的一點都不錯，但是不應該在這場合。」如果不是仗著印度人多，亞克利先生也會有所保留吧！不過，勇氣還真是可嘉，天下第一男當之無愧。敢言卻不動怒，恐怕是亞克利先生最值得人學習的地方。但是天下第一男的稱號，據說還是跟他的專業有關。

那是位十五歲的國中馬來女生，因為經常下腹疼痛，服了止痛劑，看了一堆醫生都無效，一個月前因生理期時劇痛難忍被送到吉隆坡中央醫院急診，搞了半天才被診斷出罹患先天性陰道閉鎖症。這種病例並不多見，正值青春期的少女會因無法排出經血而充血瀰漫整個骨盆腔，慢慢會包住子宮、陰道，並造成器官沾黏，當然痛的要命，即使在處女膜上穿孔也無法引出經血，更不必談以後如何與先生做愛做的事，唯一的辦法就是再造人工陰道。亞克利先生的代表兼成名作就是這種手術，據說全馬根本找不出比他更會做的醫師，為了表揚他的成就，大家私底下就稱他為天下第一男，畢竟女孩的幸福及未來都靠他。

手術完後，事情還沒結束。因為人工陰道沒有線體，不會有分泌物，因此必須訂製一種類似男性陽具的棒子讓小女孩每天固定放到陰道裡頭幾分鐘，這樣人工陰道才不致萎縮而能順利排出經血。

這種情形必須維持到小女孩成年、結婚，有了性行為之後才能結束。小女孩手術後在醫院的衛教及「自慰」的動作教導及執行，亞克利先生特別指定必須由總醫師來做。剛開始並不是幾分鐘的事，那可是一兩個小時累人的工作。俗話說「肥仔」易累，跑個一圈就喘氣連連，專找我麻煩的Fitter總醫師也不列外。亞克利先生查房時，Fitter畢恭畢敬的用棒「撐」開小女生的陰道，電風扇雖然吹的吱吱作響涼快異常，Fitter卻是汗濕淋淋，還頻頻說不累。亞克利先生前腳剛踏出病房，Fitter的肥手就抓住我的肩，這種苦差事，Fitter會放過我嗎？事後想起，每天和我不對調的Fitter先生會放我過關，可能也意識到我可能會一不作二不休的在亞克利先生面前捅他一刀。

每天對著小女孩，不只她的臉紅的像蘋果一樣，我也怪不好意思，婦產科就是這樣，看的都是女人的毛病，醫師卻幾乎都是男的。到最後真的沒話題可聊時，只好問這位非一般病患的小女孩：「知不知道這根棒子叫什麼名字？」真巧，就是叫「亞克利」棒（壓克力材料做的棒）。

星仔——我記憶中的新加坡佬

當同學成了自己的病患，我不禁感嘆造化弄人，如果人生可以重來，我不曉得星仔還會不會選擇進入醫學院就讀？只是人生根本不可能重來。

星仔是我的大學同學，人長得矮矮小小，身材有點胖，臉圓圓滿是青春痘，眼睛如貓眼般瞇成一條直線，鼻樑上方則是一副度數千多的眼鏡，肥厚的嘴巴腫的像是過敏似的，短短的脖子則陷入寬闊的肩膀，看起來就像一粒西瓜塞在直立的垃圾桶裡。星仔的裝扮永遠是襯衫加西裝褲配黑皮鞋，那個年代，這樣的 style 還真算老土。

大家都叫他「星仔」，因為他來自新加坡，只是他不承認自己是新加坡人，「你們懂個屁，我父母都是台灣人。」

星仔的反應相當激烈，搞不清楚的永遠也不知道，這是所謂的「假」僑生。在我們班上，以「假」僑生這樣的身分進來的有十幾位，大部分都是外交官的子女，國籍遍佈五大洲，可說是個小型的聯合國。星仔的父母在台灣開工廠很有錢，老早就把他送到新加坡當小留學生，只要六年沒回國就可以取得僑生的身分，如此繞了一圈，就不必經過台灣大專聯考的折磨，跟我們這些所謂的「真」僑生一樣，海外成績夠頂尖就可以申請入大學就讀。唉！聽起來很輕鬆，現實中又有誰能真正體會小留學生的辛酸呢？即使如此，要進台灣第一學府第一志願還是要有兩把刷子才行，勉強矇進來，肯定是有苦自己吃。我的「真」與星仔的「假」的分界竟然是星仔的真實台灣人的身分，老實說，我的祖先還是來自對岸的共匪，真假虛實之間，真虧台灣人想得出來。

星仔的模樣經常讓我想起當年到新加坡工作時碰見的一位主管。當時家鄉居鑾百業蕭條，高中畢業後大家都沒工作，只好跑到新加坡找吃。大伙住在新山靠近新柔長堤關卡的十五樓組屋下方危樓。一間房，幾張草蓆，夜幕來臨時，十幾位男生就像擠沙丁魚一樣躺在那睡覺，上洗手間時還能看見底下一堆白色蠕蠕而動的蛆，出門時偶而還會被那些打扮的花枝招展的歐巴桑出其不意抓一把胯下，唉！為了生活，就忍一忍吧！

那間港資的傢俱廠雇用我們這群一點工作經驗都沒的應屆高中畢業生，純粹就是工資便宜，又不必繳交公積金及人頭稅，算盤怎麼打都很划算，「反正你們也不會做長久，有什麼關係？」廠長老實不客氣的訓了我們一頓。

當時年少氣盛，直接跑去跟一位自稱負責我們這群小工的高階主管理論，他的樣子長得就跟星仔一模一樣，想忘都忘不了，年輕人話還未說完，就丟了一本外觀厚厚，裡頭密密麻麻滿是洋文的書給我們：「看得懂英文嗎？」就算認的那幾個英文字，我們也看不懂整句話的意思，只好摸摸鼻子走人，虧他還是聯邦人，同鄉也不幫忙，有需要那麼屌嗎？

我的朋友說：「輕蔑與不屑」大概是大部分新加坡人特有對待他人的方式，尤其是對於我們這群來自對岸的人，跟他們聊天時，大家無不抓緊機會大力批判聯邦政府的效率、什麼公權力不彰、官員只會收台底錢、居住環境烏煙瘴氣、治安不佳，驅車到園裡吃榴槤都會被搶馬賽地，走在路上被騎摩托車的人搶等等。當時憑著滿腔捍衛家園的熱血舌戰群雄，說來說去都是你們這些有錢的新加坡佬「狗眼看人低」，把自家的垃圾掃近床底下，然後猛挖他人臉上的瘡疤。

當年的刻板印象，事隔二十年後，當我每次翻開本地報紙讀到那些標題聳容駭人的社會政經新聞時，不知道該同情當年自以為是的我，還是悲哀已然消失的那股熱忱，套句居鑾人的口頭禪「不然，你要怎樣？」如果不是小女雙雙喜歡到聖淘沙玩，我的新加坡印象大概就是停留在每次過境匆匆幾小時待在關卡及樟宜機場那些不苟言笑的官員身上。

有一次心血來潮買了一台知名且全球保固的傻瓜相機，一卷底片還未拍完就掛掉，經過多方交涉後終於明白所謂的全球保固竟是比一台新機還要貴的液晶面板，不相信？那堆細細的英文字寫得一清二楚，要不然就告我吧！說到服務，還真是龜笑鱉沒無尾。

這麼多年，也不知煞到誰了，可能真的是八字不合，每次到新加坡經常都惹來同樣是一口破英文Singlish的新加坡佬的白眼，再比對金髮老外享受的那些哈拉彎腰的待遇，原本以為台灣人媚外哈日追美的醜態已經有夠扯，沒想到新加坡佬也不遑多讓，表面上是獨立了，骨子裡被殖民思想的荼毒盡露無遺，還不如窩在家，回到八十年代每晚追看第八波道華語連續劇的日子。

說真的，小國自強必有其生存之道，夾在馬來西亞及印尼兩個馬來大國之間的新加坡也不例外。舉個例子，同樣是多元種族的國家，新加坡的種族關係就經營的不錯，大家攏嘛是新加坡人，那有真假之分？國家之進步與繁榮莫過如此，哪像台灣，個個都是黃皮膚、黑眼珠、說中國話，我和星仔同樣被歸類為僑生，卻又硬生生被台生分為真假，還有真假台灣人，一堆的真假，區隔了原本相安無事的我們，在有心人的煽動之後，骨子裡竟也莫名的生出了種憎恨彼此的根，剪不斷，理還亂，可見有多麼的無聊，其中僑教政策的繁複不及備載，在此不必，也無須贅述。

身處在這樣的環境成長，星仔的憤怒完全可以理解，卻無法釋懷，就像大家高喊We are Malaysian一樣，除非你臉皮夠厚，否則還是乖乖低頭看看自己的腳趾頭實在些。真假的稱謂成了彼此越界的最後底線，星仔不說，本地生不提，我又何苦找罪受？俗話說「是福不是禍，是禍躲不過」。

大二暑假某一天晚飯後，我在舟山路被星仔連人帶腳踏車攔下，人差點摔個四腳朝天，「你滾下來。」來者兇氣畢露，識相的友人先行離開，我雖一頭霧水，看看苗頭不對，也擺出防衛的姿勢，要打？我未必會輸，並且高調回了句：「什麼事？」兩人在大馬路上對峙了一會，柏油路面的熱氣蒸得我倆滿頭大汗，星仔終於忍不住從懷裡拔出把瑞士刀，老子也準備豁出去大開殺戒，這時真如電影劇情般跑出個程咬金：「有那麼嚴重嗎？」大家把話說清楚，別傷了和氣。

新加坡工作那段期間是我人生的轉捩點，本來還有些猶疑要不要出國唸書，後來是鐵了心一定要讀下去。

因此，我每天都日夜加班以便存錢出國。那位據說是香港老闆娘在新加坡包養的的年輕人，每天都會定時像老虎般在這間白領階級鬥爭廝殺如叢林的傢俱場各個部門巡查，我們都戲稱他為「老闆仔」。

每天三餐宵夜，老闆仔都會看到我們拼命狼吞虎嚥的樣子，有一天終於忍不住把那長得像黃鼠狼的廠長叫到旁邊指著我們交頭接耳一番，黃鼠狼頻頻點頭稱是，並且眼露凶光對著我們，嚇的那位不知頭尾的印度樹熊領班大哥冷汗直冒手腳發抖，以為是他摸魚與馬來妹打屁的事情穿幫了，搞清楚事情後還直說要去廟裡拜拜謝謝印度大神的保佑，以後再也不碰馬來妹。

自此，我們加班的時數就有一定的限制，說是為我們的權益著想，倒不如說是怕我們不耐操，到時真的搞出人命，一定會對工廠的名譽有所影響，套句居鑾人的話：「誰要擦屁股喔！」

偶而沒加班的日子，我們就會跑去大巴窑組屋區的泳池游泳，一群旱鴨子，說是游泳，其實是泡水看妞，還學人家耍帥跳水一頭栽進池底，頭頂直撞池底，幸好被同學仙哥撈起來，否則可能就這樣客死異鄉。

那時，我們都很羨慕新加坡人，那裡泳池到處都是，個個就好像當年王昱青主演的偶像劇小飛魚一樣，男的身材魁梧，女的豐臀細腰，入水能游，出水能跑，全民都是運動健將，唯獨當時最受歡迎的足球仍是家鄉的天下，當年的默地卡杯還是亞洲之虎南韓的傷心地，可想而知我們這些鄉下仔腳底下也還真的有兩下功夫。

大一那年院際杯足球錦標賽，老子一腳定江山把院隊送進決賽，雖未捧杯卻也奠定了我在足球隊先發前鋒的位置，可能就自此與「Kiasulism」的星仔結上樑子。那年我們在高雄舉辦的醫學杯賽事一場球都沒贏，學長們還是照例安排了南部著名的浪女十八招表演招待我們這群學弟。

「你就是故意往前推，害我差點被那女人下面射出的飛鏢打中。」

說話的當兒，還可感受到星仔憤恨難平的語氣，當年那場秀人擠人往前推，只求站個好位置觀賞，星仔也不例外，那有人想害他？這筆糊塗帳除了算在我身上，也把同班的四個港仔及同鄉的立名兄牽拖進來，星仔都一一的找人對質算帳，幹了幾場架討不到便宜，就揚言法院見，這大概都是新加坡佬解決事情的模式。

兩年前父親賣房子，買方的兒子在新加坡工作，再一次讓我領教新加坡佬的厲害，以前的理解，所謂的「狠」角色都是靠拳頭打先下，江湖之路雖然險惡，卻多的是路見不平拔刀相助的行俠仗義之人，而藉由薄薄幾張紙把你塞得啞口無言的肯定不只我一人，吃過悶虧的可能還包括我們的高官大人，便宜佔盡之後，笑罵由他，把屎換尿的工作我來。唉！經一事長一智，十幾年了我還是學不來，只能怪自己「技」不如人，老媽子所謂的幾十年鄰居不會怎樣的人情味幻想也徹底破滅。

理性重於感性的新加坡佬才不吃這一套，講到錢，親兄弟好姊妹也沒面子給。當時連醫學書刊都還未摸過的我們，即使覺得星仔行為怪怪的，卻真的沒人察覺星仔精神的異常，事後諸葛人人會，現在講又有何用？

被迫害妄想症是一種慢性進行，而且有系統以妄想為主的疾病。妄想的內容也並非奇奇怪怪而令人無法理解，可能是日常生活都可能發生的情境，比如被跟蹤、下毒、愛慕、欺騙或陷害等等，病患的其他行為及外觀甚至和正常人沒什麼兩樣。

我最後一次見到星仔好像是在大三那年（畢竟太久了，可能有些誤差），當時已聽說他被押去看精神科醫師，心裡也有些準備。只是，沒有預期的再見還是讓我嚇了一跳。星仔已不認得我，他的兩眼茫然，身材消瘦，精神萎靡，可能是接受藥物的治療而產生的一些副作用吧！這類的病患病程變異非常大，有些病人在發病幾個月內就可緩解，有些則起起落落，或者在緩解一段時期後又復發，並且會慢性化，拖拖拉拉不知道甚麼時候才完結。經過一段時間治療後，有些病患可以完全回復正常的生活，即使治療不完整，大部份的病人只要妄想的影響不大，還是可以維持相當功能的社會生活，也有少部分病人情況嚴重的連日常生活的基本都不能自我照顧而與社會脫節，最後就被送進精神療養院，說是短暫的安置，可能就這樣子老死病逝在裡頭。

身為星仔的大學同學，我唯一認識最深的新加坡人，用「佬」這個字眼好像有點揶揄取笑的含意。就好像新加坡人經常叫我們聯邦人一樣，我的香港朋友都叫港仔，美國的ABC也總是不解我為何叫他老美，至於日本鬼的賭爛及憤怒就更不用說了。

那似乎是一種歷史的認知與體認，過去、現在和未來的連結，唯有如此，我才有辦法把他們的過去串連解讀。不要在意，大家都叫我猴仔，雖然我長的像港星阿B，好歹大家的祖先都是猴仔一族。

我也有許多住在新加坡的朋友，大家都有小孩，聚會時都會聊聊父母經。當小孩吵著要某個東西時，大家處裡的方式都不一樣，老媽子那個年代，一巴掌打過來是免不了的事，新加坡的小孩則被提早教導進入大人殘酷的世界——你要的東西，自己去爭取。

有一次到新加坡遊玩，小兒單單吵著要一輛價值百多新幣的湯馬仕小火車，我立刻搬出新加坡佬那一套——天下哪有白吃的午餐，你必須自己去爭取，似懂非懂的單單當下就拿起小火車往外衝，害我差點被請進警局作report，火大之餘，不買就是不買，沒有妥協的餘地，單單一路哭到聖淘沙，大家都在背後議論紛紛，以為我在虐童，真是情何以堪！

除此之外，新加坡的領導人無一不充滿小國苟且殘存的危機憂患意識，沒有一點外交手段的智慧，想要在大國虎視眈眈下過活，而且還活得不錯是很不容易的事，要不然就得像台灣一樣，跟老美買武器交保護費，然後躲在巨人的背後天天和老共對嗆吐舌頭躲貓貓。然而，大人世界的複雜，小孩那會理解？在這競爭壓力指數滿分的小島環境成長，過早的這些沒有指導的口頭訓練就變成了變相的教條，身材高大的就用武力，女孩子難道就去賣嗎？舉一而反三，星仔的壓力完全有跡可循，到後來想蓋也蓋不住。

我是華裔生長在這片土地的第三代，國慶日是我的生日，我的高中同學都會問我當年可有收到什麼大禮，老媽子說連個奶嘴都沒，更別說其它的。國慶大慶典遊行時，我都會跟著群眾大喊We are Malaysian，口號喊得聲嘶力竭，緊握著拳頭往上天高舉時，不知是下雨的關係還是——瞬間熱淚盈眶的當兒，內心卻有點心虛，就如每當看到國油的新春廣告時露出不可思議的神情一樣，你家就是我家，我家就你家，幾個不同種族的小孩手牽手玩家家酒，那種溫馨和諧的畫面美得令人難以置信，是夢嗎？還是醒在夢境裡頭？大家都是一家人這句話還是留給那些虛假與偽善的政客們去撈選票吧！我可不吃這一套。

整天說三道四，我的朋友們都無法瞭解為什麼我有那麼多的不滿？you orang cina banyak complain 啦！比起本地華文報章的言論，我還算客氣了。但是每次不管是什麼議題，在這個國家就會被有心人士搞成廉價的種族課題來藉故發揮，排山倒海的指責就會令自己開始懷疑是不是也得了被迫害妄想症，神經敏感到不小心的碰觸就被解讀成有心的陷害。

妄想症的特點就是他的想法並不會因為旁人的說明或解釋而修正，即使有相反的證據，也無法使患者放棄他原有的懷疑。由於一般的妄想型精神病患，天性本來就比較多疑，對外界缺乏信任感，大部分也都不具病識感，往往也不願接受治療，自生自滅吧！星仔的遭遇經常令我不期然想起自己本身的窘境，久而久之難保不會與星仔一樣，真的會變成他人眼中的精神病患。

小小魚骨頭

大多數的人都有過被魚骨頭哽到喉嚨的經驗，不管是大魚小魚，海水或是淡水，老人家都會叫你去喝口醋把骨頭融掉，再喝一杯水就搞定，要不然就吃香蕉，利用香蕉那富含黏性的果肉把骨頭黏住順勢吞下去，更神的我老媽甚至還特地跑去廟堂求一張大神加持的符燒成灰叫我喝，還不行！乾脆用手指去挖。

如此一般亂搞的偏方用盡之後，喉嚨還是有點刺痛感，吞東西也感覺怪怪的，怎麼辦？當時家鄉根本沒有耳鼻喉科醫師，一般開業的老醫師也沒有儀器可以夾出魚骨頭，土法煉鋼、聽天由命幾乎是每個魚骨頭哽到喉嚨的鄉親的選擇，沒有刮破貫穿食道造成發炎，不知是不是魚骨頭太小，還是平日燒香拜佛的結果。

現代醫療進步，除了雞、鴨、豬骨頭，開業醫師大概都有能力處理魚骨頭哽到喉嚨的病患，不需勞煩耳鼻喉科醫師。但是，這種病患幾乎都會跑到急診來。張開嘴巴看到骨頭夾出來的病患其實不多，大多數是被骨頭刮傷喉嚨，吞嚥時有異物感，交代一些該注意的事，比如吐血（表示傷得很厲害）、發燒（發炎了），帶點黏膜保護劑回家吃，下次吃魚時小心點就可以了。

如果每位病患都這麼簡單處裡就好了，小小魚骨頭的故事，當然不是如此而已。

那是位中年男子，中午心血來潮吃魚（還是魚骨頭細細的虱目魚），不小心被魚骨頭哽到喉嚨。整個喉嚨紅紅一片，翻來撬去都找不到魚骨頭的蹤影，只好拜託耳鼻喉科醫師幫忙，結果一樣看不到，這時剛好到了交班時刻，號稱沒有夾不到的魚骨頭，只有沒有魚骨頭，並且上地方報紙頭條新聞的學弟上場。如此搞了一陣，就是不見魚骨頭，最後不得已請出腸胃科醫師，上消化鏡一路做到十二指腸，魚肉都沒，那來魚骨頭？拿藥回家，門診追蹤觀察。

三天後，中年男子拿了根魚骨頭來到醫院大廳大吵大鬧說本院醫療水準有問題，三天前被魚骨頭哽到沒取出，友院兩三下子就拿出來，醫院是不是要有個交代。醫院是被「嚇」大的，如果每個人都拿根骨頭來說三道四，那可是不得了的事，還是請你去友院拿個證明，確實真的把哽到你喉嚨的魚骨頭取出，當場拆穿中年男子的把戲。最後只好改口說醫院的上消化鏡器械沒消毒害他喉嚨發炎，退還掛號費總可以吧！

本來很喜歡吃雞排的我歷經此事件後，有一陣子都不敢到中年男子的攤子買雞排，雖然他的雞排炸得很好吃，還是怕他懷恨在心認出我而在雞排上做手腳，到時倒楣的可能就是我。偶而偷偷經過他的攤子，還可聽到他餘恨未消的數落我們的不是，最後拋下一句「這種醫院還能來嗎？」哼哼兩聲，顯然氣還在頭上。

只是中年男子可能沒想到，自己還是被送到這間醫院來，值班的竟然還是我。如果有緣，畢竟還是會再見，真是冤家路窄，電視連續劇的情節不是如此嗎？現實生活不也是有如此的巧合，話不要說得太絕，兩人相見還真有些尷尬。這次不是魚骨頭，而是騎腳踏車被機車撞倒跌個四腳朝天，臉部四肢多處挫擦傷而已。山水有相逢，再見並不一定是壞事，你的用心，他都看在眼裡，他的無理取鬧，你一定要見諒，兩人前嫌冰釋。

不久後，我又開始光顧他的攤子，中年男子的身邊多了個幫手，老婆來老公去的互相打情罵俏，態度變得謙恭有禮，不時還會說急診醫師真辛苦，加多一塊雞肉補補身子。如此大的轉變，我想可能還是娶了一位大陸美嬌娘的關係，愛情的力量真偉大，真的可以改變一個人？

ＨＢＬ球星

台灣是座小島，地小人多，偏偏媒體傳播事業異常發達，人人都可能因為一件小事情而一舉成名，成為當日的最佳男主角，也可能變成人人喊打的過街老鼠。社會、財經、政治新聞都是如此，甚至連體育賽事也一樣，動不動就是ＳＮＧ現場直播，專業的體育台就有三家。最夯的棒球是全民運動，紅到連小學生的比賽都有轉播，次哈的籃球也不遑多讓，超級職業（ＳＢＬ）、聯賽大專盃（ＵＢＬ）、高中聯盟（ＨＢＬ）等這些賽事都有直播，人氣指數最高的是啦啦隊清一色都是青澀的小妹妹。

不比賽的空檔期間，為了不讓那些粉絲無事可幹，籃球雜誌還有球星的追蹤花絮，所屬的球團也會安排下鄉作秀的活動。因為頻頻在小小的方盒子鎂光水銀燈下亮相，遂造就了大批乳臭未乾的所謂球星，膨風的以為自己真的是美國國家籃球聯盟（ＮＢＡ）的天王巨星，其實身高有限，厚度一般，技術平平，國內逞威還可，亞洲稱霸就有點困難，擺上國際舞台當然不行。

小學時我也很喜歡打籃球，雖是班上球隊的候補，上場的機會幾乎是零，只能怪教練不識貨，少了我這個A咖的火力支援及銅牆鐵壁的防守，我班當然只能長期當老二，一直無法拿下班級賽冠軍的榮耀。後來因為身材的關係，想著再怎麼努力也不可能打NBA，只好高掛回力鞋宣佈放棄打籃球，但是還保有觀看欣賞球賽的興趣，尤其是直播的比賽。台灣根本不鳥足球，看足球的人口屈指可數，籃球就成了我唯一的選擇。

我服務的的地方——苗栗，是國內籃球名將培育的傳統搖籃，縣內有多所的籃球名校，加上縣長酷好籃球，HBL的比賽輪到苗栗來辦時簡直有如嘉年華會般異樣熱鬧非常，走在街上都會碰到高你一個頭的籃球員。

不管男女，打籃球時肯定不會像玩高爾夫球一樣斯文，大家難免推、擠、拉、碰、撞，一個拐子，壯如一頭牛的球員也會掛彩，額頭眉毛的撕裂傷鐵定跑不了，也是籃球員見血最多的地方，平時「屌」的不得了的球星還是的乖乖來到醫院，護士小姐好心問他姓名資料幫忙掛號，球星露出一臉難以置信的表情，「護士阿姨，你不知道我是誰嗎？」被叫阿姨的小姐回答不認識，球星的臉瞬間像裹了層大便般臭，「什麼？不認識。」這是什麼鬼地方？連我也不認識！不要看了，快送我回台北，還是明理的教練有威嚴，省省吧！在這裡隨便縫一縫就好了，待會還要繼續比賽，進不了複賽，大家晚上收東西提早回台北。

閒來無事看電視體育節目當消遣的我當然認得這些台北市籃球名校的高中球星，忙到經常憋尿而得膀胱炎的護士小姐那有時間看電視，更別說球賽，加上被叫老幾十歲，心情不爽可以預期。至於教練，我想恐怕是為了自己的飯碗，那種長人林立、紀錄輝煌的名校，如果提早出局，教練肯定被炒魷魚，球星只好心不甘情不願的躺在手術床上，讓我一針一針細細的縫合，本來還想請他在我球鞋上簽個名，讓我回家向女兒雙雙炫耀一下，後來想想，何必熱臉貼他人的冷屁股，還是趕快縫一縫讓他回去吧！

透過平面立體的媒體強力大放送，HBL每年都會生產出一堆這類黃毛小子，球星還未畢業就被SBL球團收編。過早成名的結果就是狂妄自大，球場的一切就是社會的縮影，未經大風大浪沖激洗禮的黃毛小子，連球場的事也未必應付得了，如何應對更複雜的成人社會。黃湯兩杯下肚，為了個女人一言不合，當然以武力解決，回到校園那種封閉式自行處理的原始方法。當社會輿論一片撻伐之聲「轟」然而至，球星不得不黯然道歉走下舞台，看著球星眉邊那道小疤痕，真是往事如煙，只能說小朋友，打球你第一，做人嘛！你可能還得多學一些。

Doctor Writing

人與人之間的溝通有許多方式，直接的面談、書信的往來、甚至點個頭、一個微笑，都能把彼此的距離拉近。我喜歡閱讀，也樂意以書信的方式與人溝通，不看他人的臉色，單純從字裡行間去揣摩、猜測書寫的人所透露出的信息，這原本是件美好的經驗，有時卻變成一件痛苦不堪的事，這當然還是與我的職業有點關係。

當時人在吉隆坡中央醫院當差，號稱中馬最大的這間醫院，那些外頭私人診所、私立醫藥中心，甚至其它政府醫院都會把無法處裡的病患轉介過來，通通都是交給我們這些菜鳥來應付，沒辦法，實在是人力不足，想見老鳥？排隊都不一定有機會。

這些病患都會帶著醫師的轉介信過來，除了簽名的筆跡依稀可辨之外，閱讀那封字體龍飛鳳舞的轉介信就成了一件苦差事。這種以英文書寫的 Doctor Writing，我把它譯為醫生的語言，究竟起於何時？為何而起？始作俑者是誰？演變的過程又如何？為什麼一封轉介信非得寫得如此潦草不堪呢？這些種種的疑問皆已很難，也不可能考究。於是乎耳語相傳，私相授受，以至今日成了只限醫師之間才能溝通的特殊語言，久而久之，竟成了醫師眼中病入膏肓的重症病患，無藥可救。

仔細閱讀醫師的語言，不難發覺裡頭根本沒有深奧難懂的字彙，也無晦澀隱喻的詞句，用的是最淺白的英文，文法更是毫不講究，醫藥的專有名詞也有字典可查，這種連英文老師看了都會搖頭的「菜」英文，為何變成只限醫師之間才能溝通的語言呢？其實，整封信最重要的就是最後的診斷病名，可能是經過了一堆檢查而得到的結果，比如醫學中心的病患，或是診所轉過來未經確定的臨時診斷。對於長期浸泡在繁複醫藥專有名詞的醫師而言，一個診斷名詞就如迷宮的起點與終站，中間即使再怎麼七拐八彎，他也能像條訓練有素的狗把它嗅出來，清楚了這一點，信裡頭的病患主訴、病史、家族史等等都可一一省略，與其耐著性子去讀，不如自己親自詢問來得輕鬆愉快，最後的結果可能與原先的診斷差天差地，也不必費心的去猜。這就可以想像為何連資深英文老師都摸不著邊的信，轉到醫師的手上就能一竅而通。至於把它當作書信來閱讀，實在是自虐，實不可取。

二十一世紀的今天，醫療已進入無紙張作業的年代，連網際網絡也有醫生駐診的時代，這種以手寫方式呈現，可以丟進廢紙簍的醫生的語言，隨著電腦的普及，大多以打字來呈現，但在醫療領域仍有很大進步空間的家鄉，醫生的語言仍是醫療市場的主流。到底在搞甚麼？除了我，恐怕也沒人能夠告訴你。

我的馬來家鄉，就算再怎麼落後，也因為教育普及，病患的醫藥常識日益提高，早已不再是從前儘是聽從而坐以待斃的天竺鼠，消費者的權益高漲使得醫藥這門專業開始顯得漏洞處處，比如專業人員訓練不足，高科技醫療器材的維護，醫療行為告知的義務等等。這些可能引起醫療糾紛的硬體和軟體，加上凡事都上法庭解決的觀念，就算告不了你，也要惹得你滿身腥，結果就是醫療糾紛案例的增加，搞得醫師開始自保，防衛性醫療的概念也應運而生。一些閃爍，模稜兩可的語言，像是可能、不一定、無法排除等等都大量的使用在醫師的語言上。一方面顯示有限資源下，醫學根本上的不確定性，另一方面也透露出醫師自我防衛的本能，誰也不敢肯定那封信會不會變成呈堂的證據。因此，一封如蛇行的醫師的語言所透露出的信息，究竟代表了醫療的進步？還是倒退呢？還是前輩們早有先見之明？原本應該是關係和諧，相互信任的醫病關係搞成這樣，細心解讀醫師的語言這種怪現象背後的意義，就不難發覺蘊含其中的無奈及可悲，轉介的目的也失去了原先的美意。

遺愛

生命如果以這樣的形式延續下去，那是大愛。

我實習服務的醫院附有一座小佛堂，就在重症加護病房旁，僅隔著一道厚重的鐵門。佛堂的擺設整潔淡雅，中間是一尊釋迦牟尼像，前方幾個竹蓆供跪拜用，淡淡的花香混合著清柔的誦經聲，經常不經意的就從門縫底下傳出來。每次到病房查看病人，我都會刻意避開那，以免干擾到那些虔誠跪著，口中喃喃有詞，以求保佑病患平安，或者手術進行順利的家屬。

有一晚，電梯突然故障，我在佛堂那碰見一位年輕病患的媽媽。那位年輕人被送進病房時有說有笑，只是抱怨耳鳴頭痛，視覺有重複影像，其他身體檢查一切正常。電腦斷層掃描及腦部血管攝影的結果顯示與我們先前預測的一樣，大腦中動脈交叉處一個7×8 mm的血管瘤。趁這巧遇，那位中年婦女趕緊把握機會問我一些有關他兒子的病情，我也不好意思跟他說我只是實習醫師，沒什麼決定的權力，就當是未來向病患家屬解釋病情的實習吧！她聽我詳細的解說之後，不說一語的轉身到佛堂裡頭想要冷靜坐一會，彷彿心事重重，確實也是如此，我感覺她好像搖搖頭說：「我不想他挨那一刀。」

再次見到年輕人已是兩個禮拜後的事。他被送進急診室時已是意識不清。我被叫進手術室拉鉤，中年婦女緊拉著主治醫師的手說：

「一定要把他救醒。」

手術過程比想像中複雜，動脈血管瘤破裂造成蛛網膜下出血的程度比電腦斷層的影像更加廣泛，我們只能把部分血塊取出，只不過一會，年輕人的瞳孔逐漸放大，終至失去對光的反應。經主治醫生及麻醉科醫生評估過後，吩咐我請中年婦女到手術室外，第二次評估後，中年婦女已是淚流滿面，斷斷續續抽泣著根本無法言語，一直無法接受年輕人腦死這事實。

年輕人就這樣躺了幾個星期。不知是巧合與否，當我值班那晚，電梯又故障了。我在佛堂又見到中年婦女，她的眉宇緊鎖，擠出道凹的痕，雙眼血絲滿佈，眼眶滾著淚珠，嘴角微張，對著佛像喃喃自語，神情肅穆莊嚴，以致手裡那把唸珠「砰」的斷裂散落一地時仍無知覺，我把唸珠撿起，中年婦女才轉頭對著我問了個我到現在也無法回答的問題：「如何讓他沒有痛苦的過去呢！」第二天，當我拿著藥盤去注射時，只見年輕人的床位已是空蕩蕩一張，我好奇的問護理長：「年輕人是不是掛了？」也對啦！只是他母親決定把年輕人的器官捐出來，器官移植小組連夜把病患接去了。

生病的味道

我記得很小的時候，二弟曾經生了一場大病，母親帶他遍尋良醫都不見起色，只好入中央醫院治療。

除了割膠，母親當時還得照顧生病的弟弟，真是蠟燭兩頭燒，只好把我和姐姐交給阿姨照顧，千交代萬叮嚀不要帶我們到醫院去。第一、那是個不乾淨的地方，直到現在，這個觀念還是根深蒂固的烙在母親腦子裡。母親說得也沒錯，醫院到處是細菌及病毒，一家大小攜家帶眷像逛百貨公司一樣確實不好，而你帶進去的病菌不見得比醫院來得少，可能還更兇，那些原本就體弱的病患那有抵抗力再對抗這些外來者。第二、醫院有種特殊的味道，我也說不出是甚麼氣味，恐怕這才是母親不准我們沒事到醫院的原因。平日我們姐弟傷風、感冒、拉肚子、出疹子、身體有病時，母親對中醫的信任甚於西醫。不知是真的有效，還是那些一大包一大捆嗆人鼻腔的藥草的關係，嗅到那些味道我們的病嚇得一下子就好了；加上母親完全遵守達爾文「物競天擇，適者生存」的大自然教養法則，生乃命也，死也亦然。因此，記憶中小時候到醫院的次數寥寥可數，唯一有影像留存腦海的就是么弟的誕生，為了沾一點喜氣，姐弟們跟著父親到醫院湊熱鬧，也應該是第一次嗅到了醫院的味道。

以前如此，現在在醫院工作，留在身上的氣味也是一樣，只不過神經早已麻木，鼻子嗅不出來。每次下班回家，女兒都會誇張的大叫：「那是甚麼味道？」小孩子靈敏的嗅覺，甚至連我出去一會兒也會被她像狗一樣在我身上聞出我曾到過醫院，其實不過是待個五分鐘拿文件回家當作業，想瞞也瞞不了。無論如何，這種說不出的味道，你我他必定親身感受過。我待在醫院這麼久，也無法告訴你那是怎樣的一種氣味。

一般來說，醫院進出的人數眾多，也是細菌病毒大匯集的最佳所在，久而久之，醫院的消毒滅菌也成了一門專業的學問。大如手術室的器具消毒滅菌、醫院密閉空間的空氣消毒、醫療廢物的處理，小至醫務人員雙手的消毒、物體和環境表面的去汙，不管是物理或是化學消毒滅菌的方法都會留下特殊的氣味，我想這大概就是醫院的特殊味道吧！這也是為甚麼在醫院上班的護理人員經常都會換上制服，醫院也不允許你把工作服穿回家，除了衛生的考量，恐怕還是不要讓那種特殊的氣味趴趴走的關係。

你一定聽過「牙刷的細菌比馬桶蓋還多」這句話，許多抗菌產品常拿它來促銷自家的產品，幾年前SARS流行的時候，廣告打得更甚，現在是人人聞HINI色變，滅菌消毒的產品，尤其是洗手液更是賣到斷貨。其實，細菌的數量多寡沒有多大的意義，毒性強的一隻就夠搞怪了。環境中的感染途徑以及個人抵抗力也很重要，疾病的發生是綜合這些因素而定，而且抗菌是消滅細菌，不完全等於消滅病毒。所以，根本不需要把醫院級的消毒滅菌產品搬到家中使用，搞得自家充塞醫院的味道。

有一次在處理腸阻塞病患時，鼻胃管才放進去，病患就吐得滿床，我全身上下也沾滿嘔吐物，如果有股膽汁的苦味，那是小腸塞了，大腸堵住的會吐出帶大便味的穢物，嚴重的可能會連大便也出來，這樣的場景經常發生，每天都拉拉雜雜混合了許多病患排泄分泌物的味道，也難怪我的身上一直有股說不出來的氣味。

有一天，自己生病了躺在家理休息，好幾天無法到醫院上班。女兒湊過來還是抱怨一股醫藥味，這時我才驚覺原來生病是有味道的。比如肝硬化腦性肝昏迷的病患身上會有股腐爛橘子味道，尿毒症的病患或是糖尿病病患酮酸中毒時會瀰漫一種醋酸的氣味。那種熟悉的味道，有如割膠工人身上殘留的味道，混合了膠醋汗水的特殊氣味，想忘也忘不了，正如胡適之先生說過的「愛過方知情深，醉過才知酒醇」。從膠園到醫院，那已是我生活的一部分，並不會因為白袍加身之後，而忘了那身陪我十幾年的割膠工作服。

寂寞難耐

李宗盛是台灣著名的歌手，在大馬有很多的粉絲，我也是其中的一位，他創作的歌很多，其中一首《寂寞難耐》是我最喜歡的一首。根據報導，美國心理學家調查發現，如果你和寂寞的人交朋友，你自己感到寂寞的機率會增加百分之五十二，而這種「寂寞」，最容易由女人傳染給女人。因此，「寂寞」是現代人的通病，也是一種「傳染病」。囉哩囉嗦一堆，到底「寂寞」是甚麼東西？這首歌詞的第一句——「總是平白無故的難過起來」清楚明白的告訴了我們，「寂寞」就是一種讓人不愉快的情緒心理感受。

我想，現代人應該都很寂寞吧！歌詞裡頭不斷強調的——寂寞難耐，寂寞難耐，好像有點「性」的暗示，卻是不折不扣的發自內心深層孤寂的呢喃自語，這種情緒總會在你心靈最脆弱的時候像藤蔓般爬上來，尤其是在夜深之時，心靈上的空虛就會讓你不知不覺的走到有人的地方；如此深沉的夜，除了醫院，尤其是燈火通明的急診處，還能有甚麼地方可以讓你感到有「人」的氣息而可以排解寂寞呢？

當老阿嬤熟悉的身影從計程車下來時，急診醫護人員都知道老阿嬤的「寂寞」病又發作了。

老阿嬤八十好幾，因為保養得宜，看起來只有六十幾歲，一身整潔的裝扮加上特好的衣料，家境顯然不錯，要不然一個月的急診費加上計程車費就是一家普通人家的收入，誰負擔得了？她看病的主訴數十年都沒變，就是晚上睡不著。檢查做了N次都無異常，打了針領藥回去沒幾個小時一定又倒回來，還是一樣睡不著，貼心的護士小姐會像她女兒般把老阿嬤帶到病床上，聊著聊著就睡著了，而且還睡到早上。

聊多了，也約略知道老阿嬤的事，她的家境確實不錯，老伴早已過世，兒女都在台北經商，這麼多年來我也只見過一次家屬的面。苗栗鄉下只留老阿嬤獨守，經常夜半溜來急診看病，照顧的人跟著睡不好，也不知換了多少個，最後無法度，只好任由老阿嬤自己叫計程車來醫院。除了「寂寞」，我也不知還有甚麼病可以形容老阿嬤的失眠。

另一位也是八十好幾的阿公，官拜少校兵階退伍，獨身，下午三點半是他報到急診的時間，數十年看病的主訴也一樣——全身癢，身體健康的和年輕人沒兩樣，打了針領藥還是不肯走，總是要和護士小姐聊兩句，除了「寂寞」，還有別的嗎？

《寂寞難耐》到底還是首商業歌曲，歌詞萬變不離宗，講的還是大家都喜歡聽的戀愛心情——愛情是最辛苦的等待、愛情是最遙遠的未來……。老實說，現代人的寂寞也大都和愛情有關，寂寞雖然難耐，卻也能夠排解，因為不管如何繁忙，你總是知道身邊至少還有個她，都會男女的生活就是如此。

除了愛情、親情、友情，甚至還有一些不知如何定義的情，這些都是你我都會感到寂寞的原因。年輕人的寂寞來自長期忽略和他人建立關係的孤寂，老年人感覺是被社會遺棄的孤單，青少年大都源自被人排擠的那種疏離感，別以為小孩子就沒這種情緒的困擾，他們或許不曉得「寂寞」的含義，卻經常以其他的身體症狀表現來找你看診，比如腹痛、胸悶等等等等，還有心理學家把精神病的分析模式拿來套在「寂寞」身上，說是一種童年時期受到的傷害長期隱蔽在心理內化不知覺中產生出來的恐懼和不安情緒，如果拿放大鏡來看，大家真的都有病。

不管如何，這種來自內心深處的莫名空虛悄然來襲時，有人習慣追求外在實質的東西來填補內心的空虛，也有人藉著各種酒精藥物，以及肢體感官的刺激來麻醉逃避。至於我，找精神科同事聊天他還不一定有空，還是宅在家扮英雄打怪獸吧！

沒有主角的葬禮

《葬禮揸 Fit 人》是部港產的黑幫喜劇片，內容是說一位曾經叱吒一方的老大被小弟砍殺死掉之後，陰差陽錯之下坐大的新生代大哥想替他辦一場名為「最後榮耀」的盛大葬禮，實際上是邀請各方大老出席，藉著過氣老大的餘威建立及鞏固自己在老大沒了之後的江湖大哥地位。劇情就在老大的兒子為了報復大哥而把老爸的屍體偷走，讓一場沒有主角的葬禮使大哥下不了台，之後展開一連串的笑話烏龍事件就是典型的港產片模式。

片子裡頭理應燒掉的的葬禮主角不見了，看熱鬧的角頭，氣炸的大哥，復仇心切的兩兄弟，加上串場的差佬這些人反倒變成了葬禮上真正的主角，笑鬧之餘，也不免讓人感慨，原來一個「人」存在的意義，其實是他人解讀的結果。你可以想像一下沒有兄弟圍繞的老大，真的是除了自爽之外，看不出有什麼威風可言，這樣子出去談判，除了被砍，還會有甚麼好的結果？

大學時代時，我常與朋友逛舊書攤，不時都會買幾本論斤秤兩的破書，其中一本是沙特的《存在主義》。這本被署名×大賭爛生丟進垃圾書攤的書，換了主人之後被我視如珍寶般藏了起來。當時還買了海德格、卡繆、齊克果等等這些大師的作品，尤其是卡繆的《異鄉人》。不知是否看得太多了，人竟然也變得有點鬱鬱寡歡，六、七十年代這種款可能很受歡迎，八、九〇時期就顯得怪怪的。什麼本質先於存在，本體論者，為何而存在而執著於「存在的性質」，理性不可能先於人及決定人的存在等等——或許有點玄，再看一段存在主義的名言——人性是獨特，並且是不被階級或團體的成員所了解的「具體特殊物」，即使社會促其成為「樣式化的客體」，人性卻是自由，永遠不為外界所引導，這到底是什麼碗糕？

看完這部片子，想起我大學時代圍繞的存在主義生活，就會回到多年前的一段往事。當時我已在急診室服務，天天看的都是重症的病患，神經已經麻木，臉上永遠是撲克牌老K的表情，情緒的波動根本看不出來，等到五官糾成一塊，那已是怒火中燒了。因此，那位九十幾歲的老太婆被抬進來時的詭異模樣，也只有我可以瞭解那是一種無可奈何的憤怒之臉。

老太婆多年來一直被糖尿病、高血壓等等慢性病困擾，幾天前因為發燒入院，幾乎是一腳踩進棺材等著見閻羅王，當主治醫師宣告老太婆泌尿道感染併敗血症休克血壓偏低病危時，家屬早有心理準備，商量過後匆匆帶回家等死。

不曉得是強心藥的作用，還是平日燒香拜拜的結果，老太婆硬是撐了好幾天，家屬眼看不對勁，趕緊又把躺在棺木裡頭穿著壽衣的老太婆抬進急診室。「醫師，你看怎麼辦？」

老太婆的意識昏迷，呼吸急促，但還沒到插氣管內管的地步，有脈搏，血壓量得到。

「這恐怕還有一段時間喔！」

「醫師，你能不能想個辦法，時辰都算好了。」

「總不可能叫我殺人吧！」

雞啼天明之時，老太婆的親人終於決定：「醫師，救到底吧！」

那個寒意逼人的晚上，仿如電影情節一般，主配角的易位使我們都成了這部戲的主角，沒有人關心靜靜躺在角落病床上的老太婆。一臉茫然的醫生，不知所措的護士，好奇的其它病患家屬擠滿候診室看熱鬧，整部戲最後都怪我多嘴問了一句話：「葬禮怎麼辦？」醫師，你放心，一切照常進行。

當時年少無知，難以想像一場沒有主角的葬禮到底會是如何的場面？慢慢的年紀漸長，看得太多，想通了，其實人就像一件事物，並沒有精神性，一件藝術作品也並沒有特定的對象，這都必須經過創作者的詮釋與符號的敘述解讀，才有其精神性，正所謂萬般帶不走，唯有業隨身，沒有主角的葬禮又如何？存在主義的荒謬莫過於此，如果沒有第三者的存在，恐怕你我他都是法國大餐——多塊魚（多餘），真如卡繆所言——荒謬的本身正是哲學的開始，世界是荒謬的。但，除非人認定如此，否則它不會是荒謬的。

活著，就必須像創作者一樣，畢其一生的功力，甚至於生命的付出，才會有強大的驅動力來完成一件藝術品。

清晨的等待

如果你不曾失眠，你肯定無法體會失眠的人那種漫漫長夜輾轉反側無法入睡的痛苦。當你躺在床上，或是沙發裡頭，也可能是坐在椅子上，就像是塊黏在牆上的膠皮一樣動也不動，時間卻還是一分一秒的過去；儘管眼皮沉重如鉛塊，你還是不得不起身動一動，打開電視機，收聽廣播節目，泡杯牛奶，洗個熱水澡，讓清涼的夜風拂面而過，或是上網打怪獸。總之，就是想盡法子讓自己更累。可是你還是睡不著，一個人躺在床上，白天的事情不斷的在腦中盤旋，窗外搖晃的樹影，空調的水珠滴答滴答，間歇的汽笛喇叭聲，甚至連單調的壁紙看起來彷彿都是有生命的個體貼在那嘲笑著你。無數個等待清晨到來的日子並不會因為你吃了一堆安眠藥而解脫，黎明不會延遲，也不可能為了你而提早到來，或是乾脆消失。睡不著，就像做噩夢一樣困擾著你。

這種等待清晨的情形是許多醫護人員的噩夢。因為輪班的關係，生活作息經常日夜顛倒，下大夜轉白班那一天是最痛苦的日子，只要貪睡一會，晚上通常都會睡不著，想到明天繁重的工作，心裡愈急，腦子卻更清楚，有的菜鳥甚至連眼淚都會掉下來，久了之後只好靠藥物來調整。這種日子，我也曾有過，真的睡不著，就打開電視機看電視節目，二十四小時不打烊的電影頻道是我的最愛，雖然播的都是過時的電影，而且還不斷重複，卻是大多數和我一樣睡不著的同事打發長夜的娛樂。因此，一部片子可能是在一個月幾個失眠的晚上才斷斷續續欣賞完畢，經常是看了開頭，忘了中間的劇情，最後也搞不清楚為何這部片就這樣結束了。

所謂久病成良醫，看久了自己也有一番心得。

老美的好萊塢大片及港產的警匪片最好轉台別看，即使好不容易點頭釣魚，那些偶而乒乓作響的大砲、機槍和飛機聲肯定會讓你驚醒，蒙查查之餘還以為自己是身在叢林裡頭的藍波，迷茫之間，腳步一個踉蹌跌個四腳朝天頭昏眼花腦震盪，這時肯定想睡，不過得小心就這樣一睡不起。

日韓的青春偶像劇也不要看，因為你會有一直想追下去的衝動，清晨到來之時，你可能已累得連起床的力氣也沒了。

最近流行的泰國鬼怪片奉勸你也不要看，因為恐怖懸疑的劇情會令你的腎上腺素急速分泌，到時你想睡都很難，再來就是你的尖叫聲可能會驚醒其他人，一桌四人開打的麻將就可開張，第二天怎麼上班？

成人頻道的色情片，不管是那一國的經典片通通不要看，第一、你看了可能會自卑已不如人，第二、每個月還要破財付馬賽克解碼費，第三、萬一你把持不住自行解決後，還有精力上班嗎？

這樣不行，那樣不准，還有搞頭嗎？當然，說到催眠的效果，那非歐洲片莫屬，開場幾句對白就能讓你入睡，本人極力推薦法國片，東歐的片次之。再來是一些你可能沒聽過的導演，連演員也分不出男女的所謂藝術片，尤其是國家輔助的片，保證你昏昏入睡。

這麼多年，我確實看了不少的片子，其中一部《等待黎明》更不知看了多少篇。八十年代留學台灣的大馬學生，哪個不曾熱血沸騰的大聲背誦吶喊過解放大陸、光復中華民國等等教條口號，尤其是在僑生大學先修班苦讀的我，連不算分發科目的軍訓都背得滾瓜爛熟破天荒拿一百分，更不必說孫中山先生的三民主義及國父思想，讓人踢爆腳板破皮的軍歌也是我的最愛。這部二十多年前由發哥主演的港產片經常令我恨得牙癢癢，巴不得把那群共匪一一打扁，當發哥在船上等待黎明的剎那，也是電影的結束，清晨的等待變成了希望的象徵，一位熱血澎湃且入戲過深的青年的自省。

失眠這檔事，現代醫學的進步使得躺在床上也變成了一種病，就好像說服沒病的你躺在床上不動，那種無意識的狀態以為是掛掉的情形也是一種反應。兩者都同樣是件困難的事，最後你一定精神崩潰，找醫生也未必幫得了你。下醫如我等還是安分點扮演救人的角色，上醫如孫中山先生才是治理國家的料。

跟時間賽跑的人

我在當醫學生時期，經常會聽到一些白髮蒼蒼的老教授說：「從病患踏進診間那瞬間。」病患還未開口「看他走路的姿態」，老教授還親自示範步伐，「就可以知道他是甚麼病。」

這些令人敬畏的前輩們發表的論文比我的歲數還多，大半生閱病無數，罕見的病人也不少，看樣子可能也沒多少年可以再吹牛，因此有臭屁的理由。

臨床上也確實可以從病患的步伐看出他到底是哪根筋有問題。所以，當這位病患以小碎步從掛號處走到診療桌前，我猜應該是巴金森病，只是感覺有點奇怪。第一、這麼年輕，第二、巴金森的病患很少會來急診，尤其是這麼深沉的夜，第三、老子的功力還差得遠呢？第四、現在又不是猜謎遊戲時間，還是回到醫師的本行吧！你怎麼三步當兩步走？年輕病患顯然有些錯愕：「醫師，你不曉得我在跟時間賽跑嗎？」還真有學問，沒錯，天天這麼忙，一天二十四小時哪夠用，我們每天不都是在跟時間賽跑嗎？「不是，醫師你搞錯了。」「你看到我前面的人嗎？」拜託！連個鬼影都沒。「那就是時間，我就是在跟時間賽跑。」是話中有話嗎？「只要跑贏時間，我就可以回到從前、現在和未來……」真夠玄！就這樣聊了一會，直到護士小姐提醒我才如夢驚醒。唉！真是天地之別，原來是精神科的病患，我還以為遇到了某位哲學大師。

第一次和這間醫院急診的老病患碰面竟是如此烏龍的對話，想起來還真是尷尬。年輕病患的對話使我想到《回到未來Back to the future》這部電影，那是大導演史匹芬史匹柏一九八五年的作品，說是未來，其實主角是回到從前，雖然時光機的發明人——那位看起來起肖的博士一再交代不能，也不要妄想糾正過去從而改變未來，因為那可能是一場無法預知的大災難，甚至於活在當下的自己也可能消失不見。但是，當所有已知的未來突然可能變成未知，而你是改變的可能者，試問，有誰能夠拒絕這種誘惑呢？

無心之過也是有意的計畫，潘朵拉的盒子打開後就是一場無法回頭的豪賭，不該發生的事情一定還是會發生，這就是人性。說到未來，那是不可能預先排演的一齣人生劇，回到從前卻是科學理論上完全可以達成的夢想。因為人所看到的景象都是光的反射，落入眼睛的視網膜後經由神經的傳導，再由大腦的皮層來解讀。因此，只要你的速度快過光速，就可跑到光的前頭，就像看光碟一樣隨意的跳接變更看看以往的畫面，如此真實無法隱藏的影像使得改變未來變成了不是不可能的事，卻永遠是不可能的任務，湯姆克魯斯《關鍵報告》的預言者或許還可行，那畢竟還是預言的不確定性。真正的改變未來恐怕還得靠「意魔人」。

「意魔人」是甚麼玩意？那是小兒單單最喜歡看的日劇假面騎士《電王》的一堆壞蛋，「意魔人」的口頭禪是「說出你的願望吧！無論是甚麼願望，我都能夠幫你完成，而你只需要付出一個代價。」契約完成後，你的代價就是讓「意魔人」透過你的身體，藉由你的記憶回到從前，然後是大肆的破壞，擾亂時間的順序改變未來，現時的你我他就有可能會像戲中的女主角羽奈一樣如時空中消失的列車飄浮在未知裡頭，打壞蛋的任務就由假面騎士來執行。

每個人的願望讓人看透了世間的生死離別喜怒哀樂，這些全都是自私自利的結果。鬧事的「意魔人」一個一個被電王解決，最初的故事回到了三字經——人之初、性本善的終點，也是為什麼只有那個倒楣透頂的良太郎可以當電王的原因。只是正如片頭曲歌詞說的，時間列車到底是通向未來還是從前？答案已經很清楚了。我想那位年輕人可能就是這樣想太多而腦筋秀逗了。

論斤秤兩的生命

《怪醫黑傑克》是日本動畫大師手塚治虫的經典漫畫之一。主角黑傑克是個無所不能的醫師，雖然是無照執業，醫術的精湛及高超的手術技巧卻無人能及，之所以「怪」，也是最為人詬病的就是他索取的天價手術治療費，病患付不起就等著莎喲哪啦吧！即使在經濟自由的市場，再激烈的競爭環境，醫療的費用都有公定的價碼，怪醫黑傑克趁人之危漫天開價，除了他獨門的武功專利之外，沒有醫德恐怕才是肉在砧板上等著被宰殺的病患及家屬恨得牙癢癢的原因。

這樣的醫師，醫術再厲害，拯救的病患再多，也很難令人翹起大拇指肅然起敬。我從小就很喜歡看《怪醫黑傑克》，並且立志當醫師，如果有一天真的成為醫師，黑傑克卻是一個反面的教材。當醫師如黑傑克，倒不如去做生意，商場上爾虞我詐，賺的錢也心安理得，因為大家都一樣這麼奸詐，別「龜笑鱉沒尾」，攏是一丘之貉。

這樣的偏見一直陪著我到醫學院畢業。投入社會工作之後，走進急重症醫學，每天忙得昏天暗地，隨著年齡的增長，看漫畫的日子一天天遠去，最近因為小女雙雙的關係，跟著看《怪醫黑傑克全集》，一天一集，看了一年多，竟然有了另一番體會。當醫師，不必人人都是史懷哲，黑傑克絕對是個值得學習的好榜樣。

我在急診服務，自殺的病患天天都有，割腕的鮮血四濺，跳樓的摔到稀巴爛，吃藥的和燒炭的叫也叫不醒，頸項瘀青一片的準是上吊，喝酸鹼的最慘，腸胃道爛到底，活著已不容易，還要終生掛著條管子灌食，服務的醫院所在因為是農業社會，服農藥的病例也不少，特殊的病患，比如拿起手槍往太陽穴自轟，一把火燒上身的也有，這些畢竟少見，不管如何，除了那些一時意氣用事隨便吞幾顆安眠藥來嚇人的病患之外，其它的或多或少都有前科可循，不過，集大成者也只有一人而已。

翻開少女的病歷，不過才二十出頭的年紀，又沒先天的疾病，少女的病歷卻是厚厚一大本，而且全都標上特殊病歷代號的貼紙——自殺，幾乎我想的到的方法少女都嘗試過，一些匪夷所思的特殊方法前所未聞，我想可能是取自修正過的一本日本暢銷書《自殺大全》，經過我手處理的是腹部幾道刀傷、吞不名藥物數百顆。有一次凌晨把我從值班室叫出來，睡眼矇矇意識不清之下看到一位頭套塑膠袋的少女，還以為八字太弱，時運不佳看見阿飄了，兩杯咖啡下肚醒醒腦子，是不是玩ＳＭ過了頭缺氧來醫院吸氧氣？看我驚魂未定的樣子，護士小姐只好插嘴：「別鬧了，醫師，是自殺啦！」昨天才幫她縫了兩隻前臂幾十道撕裂傷，今天脖子上插了把藍波刀送來急診：「醫師，你看我會不會死？」唉！送去開刀房處理吧！我已經忙到連上洗手間小便的時間都沒了。

行醫這麼多年，從未看過這如此不珍惜生命，並且多次拿生命來開玩笑的病患。從事急重症工作的人都知道，要把一位病患從鬼門關救出來所耗的醫療成本非常昂貴，醫護人員的心力付出更是難以計數。但是，生命無價，作為一位專業的醫護人員，病患送到你面前，你大概也不會考慮其它的事，救起來再說。黑傑克的天價手術治療費給人趁機敲詐的感覺，其實是考驗病患有沒決心活下去的意願，因為明天過後才是真正考驗的開始。因此，人命確實關天，但是你願意付出多少有形的代價來重新開始呢？

再美再貴的碎鑽也無法填補已然脫落鑲鑽的物件，生命更是如此。如果連自己也懷疑自己的命值多少錢，又怎能期待醫師讓你重新來過呢？就如影集片尾曲的其中一段歌詞——使鑲嵌時間之砂，也難回到當初。黑傑克的天價手術治療費大多數是無法兌現的一張空白借據，卻因為病患的堅持而讓自己原本已經空白的人生開始有了揮灑的墨跡。

牽掛也是一種幸福

醫師成了病人，也令我對人生有不同的體會……

二〇〇九年五月，因為訂不到直飛的班機，我只好從新加坡轉機到香港回台灣。當時正是ＨＩＮＩ爆發的關鍵時期，出入境的海關檢疫處衛生官員個個如臨大敵，機上人人戴著口罩，唯獨我忘了。在機上昏昏欲睡當中，感覺前後左右的乘客一直在咳個不停。回台五天後，我開始覺得畏寒，全身肌肉痠疼，精神不佳且容易疲憊倦怠，身體微微發燙。對於第一線的醫護人員，一般的病毒其實早已免疫，而且年底時院方都強迫必須打季節性流感疫苗，去年還加打了Ｈ１Ｎ１。因此，如果發覺發燒，我都會特別注意，原以為是類流感，休息一下就沒事。第二天，我開始畏寒高燒，而且沒法退去，也開始有呼吸道的症狀，只好拿檢體去驗，當天早上已無法看診，報告出來後，同事都在笑，打了疫苗還會得Ｈ１Ｎ１，買樂透還沒中過獎呢！我也認了，既來之，則安之，照了胸部X光，看看沒怎樣，開了克流感藥，提早回家自我隔離。

其實，當時已知H1N1新型流感根本防不了，加上類流感，A及B型流感，季節性流感，變異的感冒病毒等等，圍堵的防疫策略證明是失敗的，身受其害的我成了活廣告，證明疫苗也無法百分百保證不會感染，專家的意見傾向是接種疫苗後感染了比較不會變成重症。就個人生病的經驗而言，那幾天身體的症狀確實非常難受，徵狀比一般感冒來的厲害，一直到第四天徵狀才慢慢緩和，一個星期後終於出關。

這期間，我想起了二〇〇三年SARS在台灣爆發的時候，那時台灣幾乎成了一座孤島，台北死了兩位醫師後，電視新聞打出的跑馬燈亮出同是醫師的駙馬爺也請假落跑，醫院也跑了幾位醫師，當時同是醫師的好朋友打了個電話給我，問我要不要請假落跑，我說必須和家人商量，寶鑽說：「醫師不是要救人的嗎？」一言驚醒夢中人，那時候落跑，新型流感爆發時再鬧失蹤，我以後怎麼教小孩「濟世為懷」呢？醫師的職業風險當初已經想到，不是事情發生了才來逃。當時對於新型流感的恐懼及疑慮還未明朗，大家只求H1N1別找上我，禍福天註定，我也看的很開。

那次得了新型流感，當醫師成了病人，也令我對人生有不同的體會。原來，「牽掛也是一種幸福」。

本來不想家人擔心，所以就沒說，後來症狀很厲害，我想如果不說，會不會沒機會說。想了想，還是致電回馬跟家人說明，結果大嘴巴小兒子單單到處跟人說，如雪片一般湧至的關心問候倒令我有點不好意思，反而換我來安慰家人不需擔心我的狀況，我是醫師，自己應付得來。

我以前認為只要自己一個人，不需別人的關心，就是一種幸福，自己也很少去主動關心別人，認為讓人牽掛是增加別人的心裡負擔，自己又何苦去分擔他人的煩惱呢？以為多年沒見的朋友突然來個電話記就是有所圖（當然也有這樣的人），結果發覺自己真小人，怕麻煩別人不好意思，沒想到別人會罵你不夠意思，結果我發覺我連一個可以關心的朋友都沒了。其實自己不是一個人而已，我有家人，有朋友，有同事，甚至於平常看你不順眼的人可能也會來問候你，自私不過是換來更封閉，更了無生氣的人生，敞開胸懷，一切可能都會變得更美好。我牽掛我的家人，我的朋友……原來別人也還會記得你，見不著面，可能會託人問候你，或是一個小手信之類的。當我發覺自己或是別人原來也可以這樣無條件的去關心一個人時，那不就是我心裡頭洋溢著幸福的滋味嗎？

天才

大體解剖是我醫學生涯中最繁重的功課，除了必須忍受解剖室裡頭那股濃烈的臘腸味，還必須使勁力氣在硬如橡皮的人體上劃刀，甚至像工匠一樣敲敲打打，那些一大堆不知怎麼唸卻又不得不裝下腦子的專有名詞更令人心煩氣躁，一個星期三堂，下課後往往已被浸泡人體的福馬林藥水味道薰得頭昏腦漲食不下嚥，想起前人的貢獻，心裡頭實在是佩服的五體投地。

解剖學這玩意很早就有，切來切去也沒什麼了不起，直到中世紀時才在一位叫慕迪諾的老外手中重新開始發光。慕迪諾不但學習醫學，還研究哲學，他把當時流行的解剖學思想歸納結成書，利用人的屍體教授解剖學，並且進行系統化的整理，最後寫成一本重要的基礎著作《解剖學》。

以前的解剖是你想切那就從那開始，現代的解剖卻是統一垂直切開腹部開始，以肚臍上為基線，然後一個部位接著一個部位掏露出器官，這種標準的切法就是當時這本經典解剖教科書的制式手法。幾百年過去後，也還是教授我們這群醫學生的寶典。除了專業書刊，市面上大概也很難買到真人版的解剖圖譜，用畫的倒是有一堆，尤其是人的骨骼圖。

小時候，我常看香港漫畫家王玉郎的漫畫《龍虎門》，裡頭那些英雄個個身材魁梧，那些比例恰到好處的肌肉紋理，如果沒有詳細研究觸摸過，肯定沒有辦法畫出來。

回到從前，畫這種圖最有名的就是李奧納多・達文西（Leonardo da Vinci, 1452-1519），大家都知道他是名畫「蒙娜麗莎」（Mona Lisa）的微笑的作者。其實，解剖學圖譜在慕迪諾時代以來已經出現，但大多是粗糙不堪，除了幫助記憶，大概也沒有什麼鑑賞的價值。

這些人體器官繪畫在十六世紀經過達文西的手才真的出頭見陽光。達文西深信視覺是所有感官中最重要的，並且小心研究他周圍的世界，詳細紀錄他所看到的一切。他在羅馬時解剖三十幾具屍體，繪製了一千多副解剖圖譜。他的繪畫完全顯示了他在醫學繪圖和生理相關的藝術方面的才能，因此被譽為解剖學之父一點也不為過。除此之外，他還是畫家、工程師、科學家、哲學家、科學家、軍事家、發明家，除了天才，再也找不出其它的字眼可以形容。

每當經過醫院南苑（精神科病房）的走廊，我都會停下腳步，那兒貼了許多精神病患的畫作。對於那些病情比較穩定的慢性患者，這些繪畫的活動不僅可以增進認知與手部精細的動作，也能使這些曾經飽受幻聽、妄想等症狀折磨而導致害怕、恐懼、情緒不穩定、注意力無法集中而對社交活動退縮畏懼的病患，透過創作完成一件事情的過程中建立自我的自信，慢慢重回以往合宜的社會行為應對及價值觀，同時也藉由繪畫這種藝術治療活動鼓勵患者把內心的感受畫出來。除非你是畫家，否則這些畫作無論在線條、著色、構圖等方面都很簡單粗劣，只是一件勞動的成果，很少會讓你有看下去的慾望，之所以引起我的興趣，完全是多年前在家鄉馬大醫院見習時的經驗。

一副仿達文西的人體比例圖「維特魯威風格的男子」。

文藝復興時期的藝術家對人體之美充滿了興趣，他們相信唯有了解人體的構造才能充分詮釋人體之美，所以很多藝術家都跑去做人體解剖，也因此促進了解剖學的發展。隨著人體解剖的逐漸普及，藝術家與解剖學家攜手描述了人體精巧的構造，更正了不少前人的錯誤。描繪精微的解剖圖稿也經由印刷得以準確、大量地傳承，中世紀的手抄本遂日漸式微，現在已很少能夠找得到這些繪本，在網絡資訊不發達的年代，如果不是有特殊的背景及管道，實在很難想像有人（並且還是精神病患）會畫出達文西的人體比例圖，即使是位醫學生，我們也已經不必再畫解剖圖。屬名peter患者的這副仿畫不僅是精彩的仿作，而是作者的過去，到現在都是我不瞭解的謎。多年之後，意外看見那幅畫當下的內心震撼，直到現在想起都還能感覺得到，令人不寒而慄的場景仍舊歷歷在目。

蘇老師的仙人掌

植物也和人一樣，需要栽植人的用心才能長的茂盛，即使是在極地氣候生長的植物也一樣，少了栽植人的愛心，也會病的奄奄一息。

我在中學唸書時，數理的成績非常好，赴台升造考上台大醫學系，與台籍的同學比較，語文科並沒占甚麼優勢，數理的程度卻很明顯有一大段的差距。因此，大一及大二那兩年的共同科目真是唸得有夠辛苦。對台籍同學來說，那只是高中數理化課程的溫習，對我等來說卻是極高層次的震撼教育，耗的時間再多，不是墊車尾就是補考或當掉重修。這三種情況我都經歷過，除了英文版的生物高標過關，化學必須重來，物理則是補考，大一上的微積分涉險過關，下學期摸清門路偷渡到藥學系才輕鬆通過。

兩年艱苦的奮鬥之後，才曉得台生為甚麼戲稱大學生涯為由你玩四年，並不是univercity的中文諧音，其實是真的玩很大。很多如我等的人都撐不過這兩年而來到後五年醫學相關科目的齊頭式平等時期，中間轉系或是休學的不少。別說自卑，連抬頭挺胸的力氣也消失不見。人在異鄉，那種沮喪的個中滋味也只能往肚子裡頭吞。

諸事不順之下，為了安撫受傷的心靈，同時激勵自己從逆境中奮發圖強，我想是不是該擺個開運的植物？或是養條避邪的小動物去去霉運？於是就在師大夜市裡尋寶買了兩條鬥魚回宿舍養，一來自己在家鄉養過有經驗，再來就是我真的需要鬥魚般的意志來熬過這段非常時期；然而問題接踵而來，飼養的鬥魚先是被宿舍的貓吃掉一尾，後來發覺台灣的魚飼料很貴，尤其是家鄉河邊隨便撈起就有的沙蟲，大台北地區卻是稀品，窮學生時代，與其餵魚還不如顧自己，只好忍痛把倖存的另一條鬥魚野放在校園的醉月湖裡自生自滅。心情鬱卒落寞之餘，有一天意外在夜市裡頭看到一堆五顏六色的小盆仙人掌，十塊錢三株，剛好一天的菜錢，於是就搬了紅、藍、綠三株回宿舍。

仙人掌是沙摸極地的植物，根莖葉肉飽滿，耐旱，滿身是刺，夠悍。雖然是小號的盆栽，看到它挺拔的樣子，眉目間還是能夠感受到它身在漫天黃沙那種孤傲倔強的原始活力，那時雖不至於嚐膽壯志，然而燈下夜讀打睏時誤觸仙人掌針那種指間額頭酥麻刺痛的感覺至今都還能感受的到。

暑修順利通過當掉的科目，我想大概也和害怕無臉面對高中理化老師的恐懼有關。那年，我決定下台南找許久未見面的我弟宏志，為了怕仙人掌死掉，我把它幾天需要的水一次澆足；看來當年的植物學是白修了，仙人掌果不其然的從根爛到頂。如果多找植物系的學妹聊聊，結果或許不該如此。倒不如種萬年青，只要一盆清水，住在隔壁工學院的高中同學仙哥還特地丟了棵據說是學長姐世代相傳的種的分枝給我。沒多久竟然被教官舍監抓包，說我汙染環境養孑孓，再犯就趕出宿舍云云。

畢業、工作、結婚、生子，好一陣子我已不搞這些玩意。大女兒雙雙上學幾年後，看她懶散漫不經心的樣子，我想起了自己在大學的經驗，再看看某些育兒專家的理論，也覺得應該培養她負責任的做事態度，就從老爸那抓了幾條美國魚給她，叫她定時換水餵養；沒想到卻成了我的苦差，一身老骨頭那受得了，乾脆種仙人掌吧！認真的雙雙天天澆水，結果可想而知，女兒說連仙人掌都會搞死，就饒了那些狗、貓、鳥、兔、鼠、蛇吧！所謂的責任，原來不過是為了滿足父母親在外人面前誇獎孩子並且炫耀的心理，加上育兒專家的無聊而已

原以為事情就這樣過去。有一天雙雙把一粒梅子核大小的毛球擺在我面前：「猜猜看甚麼東西？」女兒說教英文的蘇老師只送給幾位同學，聽起來好像很寶貝，「長

大了也會生孩子喔！」好，我就隨手拿了個小盆子填滿沙土灑了些水，再讓雙雙把毛球放進去，女兒還煞有其事的雙手合掌拜了拜：「一定要長大喔！」那時開始，我從來沒見她這麼認真的作一件事情。除了冷眼旁觀的我，媽媽都會叮嚀她記得施肥澆水，弟弟也會提醒她把毛球帶出去曬太陽，女兒都做得徹底確實，全家人都在看這個小毛球會變成甚麼樣子。

三個月過去，毛球的樣子終於現形，原來是株綠色的仙人掌。半年後，我們確定它已經可以存活繼續生長下去。有一天午後，雙雙把盆子捧到我面前：「你看！」終於等到毛球長出小孩子，用了整整一年時間的付出，剛好老媽在場：「不過是株仙人掌，有甚麼好大驚小怪的？」確實，老媽看的只是一株普通的植物。然而，展現在我們面前的不僅是株莖葉飽滿，根刺有勁的仙人掌，中間起承轉合的迂迴曲折故事使它成了獨一無二的替代品。正如歷史一樣，把握現在絕對沒錯，但是沒有過去，未來也肯定只能做一個無根漂浮的人。很多人只看到當下的結果，而現象背後的淚水歡笑完全抹去。不試著瞭解自己的過去，又如何面對未來呢？我要真誠的感謝蘇老師，並不是她把女兒的英文教得好，而是那株可能無心，卻讓我們一家回到一些早已遺忘片段過去的仙人掌。

頭蝨

大女兒雙雙喜歡留長頭髮，卻又懶的梳理，每次叫她剪掉，立刻嘟起嘴來抗議，起床時頭上狀如一窩鳥巢，上學前只好勞煩媽媽替她搞定那一頭長髮，平常天就任它自由飄揚，長久下去，難免會出問題。有一天，雙雙說頭皮很癢，說著說著，雙手就像狗爪一般在頭上亂抓，媽媽仔細一瞧，髮根髮角上散落許多點狀灰白的東西，這是甚麼碗糕？當時人在台灣，只能在電話上諮詢，聽起來像頭蝨，看起來呢？很簡單，只要把雙雙的頭髮弄濕，用一把細密的梳，最好到市面買一把專門梳蟲卵的木梳，下面放一張白紙，仔細地梳每一部分頭髮，因為頭皮癢並不是頭蝨的最初跡象，所以當小孩說頭皮癢時，表示可能有一段時間了，這時大概可看到頭蝨不同成長過程的產物。你可以在梳子上看到灰色或褐色的蟲子，或者梳落在白紙上一些細小、黑色、狀如的胡椒的粉狀物，那是頭蝨的大便，在頭皮上翻來覆去，說不定還可找到白色的蟲卵殼。

如此教導一番，媽媽大概也都瞭解，俗話說「是福不是禍，是禍躲不掉」，該來的就會來，真的就是頭蝨。第二天返馬，媽媽已經買了藥水先行處理，頭蝨留下的痕還是清晰可見。從小到大不曾染過頭蝨，即使當了醫生，因為走的是急重症專科，除非你頭癢難耐，抓到頭破血流，還必須併次發性的細菌感發燒流膿，否則頭蝨的病患是不會看急診的。因此，我的同事們的頭蝨經驗都還停留在教科書的層次，包括了雙雙學校的校長：「這種病只有在以前落後，衛生環境差的地方才有，現在怎麼會有？自己帶回去政府衛生所拿藥洗頭就好了。」言談間還可感受到校長質疑是不是你家衛生環境太差，雙雙只不過是個個案罷了，何必大驚小怪。

其實，大多數的孩子在某個年齡階段都會染上頭蝨，尤其是學齡中的兒童最常見，幼兒也會染上，特別是有上學的年長兄姐，或是上幼兒班與其他孩子玩耍的幼兒，這和家庭的衛生條件並沒什麼直接關係。因為頭蝨很小，比針頭略大一點，而且深藏在頭髮靠近頭皮處，非常難看到，不會跳，也不會飛，在人群密集環境，比如學校，大家過於親密接觸時就會傳染。十年前我在豐盛港衛生局基層當醫生，kampung地區的頭蝨簡直如家常便飯一般，到學校做健康檢查，抓頭蝨是例行工作，兩年下來，功力自非一般醫生所能比較，甚至還可區分出感染的先後次序，十年後寶刀依然末老。當時研判頭蝨應該還未擴散，可能還躲在雙雙班上而已，這時正是斬草除根的良機。只是，正如前述，現代人大都忘了頭蝨的存在，有的還以為是跳蚤。因此，當你發現一位同學長頭蝨時而任由其自然發展，結果可能就會演變成整座學校頭蝨滿天飛的大災難，校園到處都是和尚尼姑頭的可笑畫面。

碰了校長的軟釘子，無計可施之下只好找班導師曉以大義。年輕人畢竟好溝通，明事理，當場決定讓我替班上的小朋友上了個頭蝨課，逐一檢查小朋友的頭，並且承諾把這信息傳達出去，請其他老師留意班上小朋友的頭上狀況，當發現小孩子頭上有頭蝨，整個家庭以及時常接觸的親友也應接受治療。

一個星期後，我回到學校替雙雙班上染頭蝨的小朋友複檢，確定頭蝨死光光，每位小朋友的頭都乾乾淨淨，這起頭蝨事件才告了個段落。

不怕頭蝨的雙雙還是堅持留長髮，可憐的媽媽只好在她洗完頭，頭髮還濕漉漉時用細密的梳子從頭髮根部仔細的梳，每梳一下就看一次，每兩週隔三天就做一次，務必在蟲卵還未孵出頭蝨的幼蟲時，或產卵前就把頭蝨幹掉（如果頭蝨再來）。

魔鬼教練

許多人很羨慕魔鬼阿諾一身誇張的肌肉線條，卻不知道這是必須付出代價的，尤其是傷腎的高蛋白食物及類固醇的濫用，使得魔鬼阿諾的健康早早就亮出了紅燈。

家鄉居鑾人口不少，隨便一挑都可撿到運動員的料，只不過在八十年代，高頭大馬的不是打籃球就是練排球，瘦長型的都被拉去跳高，大隻佬當然是三鐵的最佳人選，至於我等這些短矮壯碩的小個仔通通靠腳吃天下，其它沒甚麼特色的人就隨便各選三項，跳得遠、跑前幾名的都可以在運動會時派上場，真的擺對地方出頭天的當然沒有。

當時學校也只有一位專業的本科體育老師，其它的都是它科支援兼任，如此搞法，校外成績理所當然普通；雖為名校，運動場上的表現一直都被南馬的寬中壓在頭上，直到全柔獨中運動會第一次選在母校舉辦才有扭轉的機會。

身為東道主，成績總不能太難看，校長不知動用甚麼特別關係，請到本坡名人的親戚到校指導。此君的身材與魔鬼終結者的阿諾史瓦辛格一樣，不但是本科出身，還是台灣著名體壇教練搖籃師範大學的高才生。才不過幾天時間，阿諾就弄來了個跳高的護墊，從此跳高的都改成標準的背滾式，李三腳和剪刀腿變成了娘兒的玩意。那些短跑選手有了助跑器，成績起碼快了幾毫秒，競爭力大為提昇。故且不提這些當時認為很新穎的運動器材，魔鬼阿諾選人的標準就跌破所有人的眼鏡。

丟三鐵的那位，樣子就像日本漫畫灌籃高手的櫻木花道，除了籃板球還是籃板球，都快畢業了都沒摸過三鐵，經過短暫幾個月訓練，上場就奪下三鐵冠軍。至於那位據說因為混過幫派的男生則被叫去跑長距離。其實此君家境不錯，可說富裕，只是那時代的富家子怎麼可能吃得了苦？阿諾獨排眾議，可能是看他長得瘦巴巴有點營養不良，這樣都能活！肯定耐操吧？

每天清晨、傍晚，即使下雨也一樣，草場上都能看到富家子和阿諾慢跑的身影，沒有過人的意志力，確實很難堅持下去，他也不負阿諾所託拿了三面長跑金牌，還破了高掛多年的大會紀錄。加上一位百年難得，後來一同赴台深造卻誤入歧途不幸丟掉性命的短跑奇才，以及成名甚早，仰慕阿諾之名而來獨中的雙胞胎，讓母校終於成了田徑項目的新霸主。千里馬遇不到伯樂，了不起也不過是隻良駒。魔鬼阿諾第二年就功成身退，留下了一堆前無古人，可能也後無來者的冠軍獎杯。

多年以後，我在首都一間診所兼差，一位大隻佬走入診間，下大夜的白日，睡眼惺忪之下以為見到了當年風光無比的魔鬼阿諾，卻是位口操印尼腔調的男子，一身媲美魔鬼阿諾肌肉，故且名為阿諾二世，很有禮貌的請醫師幫忙打自備的類固醇針劑。好奇之下難免會問他是不是健身運動員？不僅是，而且還準備參加建力比賽，可是……阿諾二世顯然知道我的疑慮，他說已經算好了類固醇代謝的時間，而且當時的檢驗機器也沒那麼先進，抓禁藥的觀念也沒這麼堅持，ＯＫ啦！

身為醫師，還是得提醒他濫用類固醇的副作用，比如高血壓、嚴重青春痘、脾氣暴躁、情緒不穩定、易得精神疾病、男的還會不孕、精子數目減少、睪丸萎縮、禿頭等等，阿諾二世頻頻點頭稱是，最後還是請我一定得幫他，至今還記得注射肌肉時的針頭歪了兩根，兩手使勁發力才把類固醇針劑注射到他堅實的二頭肌上。臨走時阿諾二世還說了句很有意思的話「運動競技的主角永遠是站上頒獎台的佼佼者，運動員名成利就與否，除了實力，可能還必須加上一點運氣，如果連上台的機會都沒有，還談什麼呢？」

真假平等

我在高中歷史課本裡頭曾經讀過大思想家盧梭（J.J.Rousseau）所倡導的「天賦平等」說。那個年級，說實在的，根本不懂甚麼是「平等」，只曉得是「人」，就應該生而平等。赴台升造時被丟入當時統戰意味特濃的僑大先修班，國父（中華民國）孫中山的思想是必修課。

國父認為「天賦平等」說和客觀的事實完全脫節，「人」生來本就有高、矮、美、醜之差，天才與白癡也是一線之隔，這種「天賦平等」的所謂平頭式平等就是將原來「人」天賦不平等的事實，妄想用人為的方法將天生的不平等變為平等，根本就是假平等嘛！因此他提出每個人應該站在同一水平線上——出發點的平等、機會的平等和政治的平等，根據各自天賦的聰明才力因材施教去發展造就。由於憑藉發展造就的機會完全相同，這種平等才是真正的平等。真假之間，孰是孰非？恐怕還有爭議，但是立足點平等的思想，直到現在我還是記得一清二楚，並且認為理應如此，可見國父思想「茶毒」之深。

畢業回家考過醫師資格考後在吉隆坡中央醫院（GHKL）當實習醫師期間，我有四個月在小兒科，工作辛苦就算了，還得忍受另類不「平等」待遇，原以為只有友族會刻意刁難，卻沒想到同是黃皮膚的同胞更變態。第一，只要你是國外畢業（不包括歐、美、加、澳），你的表現從零分（十分滿分）算起，本地生六分起頭，不要問原因，本地的就是比你優秀。第二，我嚴重警告你，不要以為一定可以過關，我可以不以任何理由當掉你，不要問為什麼，這是醫院賦予的權力。第三，你現在開始把我國（馬來西亞）的小兒疫苗注射時間表背給大家聽。如此罕見的下馬威開場白當場把我嚇得汗濕淋淋，以為自己時運不好見鬼了，後來同學見面提起，原來大家都感同身受。

近代研究曾被殖民剝削的地區獨立為新興國家，發現了一個有趣的現象，就是那些原本處在殖民底下的人民一旦翻身成為主人掌握權力，反而更變本加厲的對待其它依舊沒有權利的一群，尤其是在多元種族社會的國家，這種現象更明顯，成為後殖民主義奇怪的現象，獨立後的「平等」變成一則笑中有淚的夢境，長期的自卑甚於獨立一時的自豪可能只是其中大家都有默認卻不敢說出來的一個原因。

我永遠不會忘記當時從北部某州王室家族成員一位小孩因病而由專機送到GHKL治療時，醫院上自院長，下從主任、主治醫師、住院醫師、實習醫師全部排排站等著吃果果的情景。可愛的小女孩，青澀的年級根本不曉得自己是非一般病患，天賦的不平等使得之後的人為加工變得諂媚庸俗。想起外頭診間那些動不動就被醫護人員吆喝Tunggul啦！Cepat apa的小朋友，父母的無奈認命全都清清楚楚寫在疲憊漫長的等等當中，也早就習慣了日常生活中沒有「平等」的日子。

「心態如果不調整，真的很難在這活下去。」學弟的忠言，聽來當然刺耳，太久沒讀書的我只好又搬出國父思想的主張，王子犯法與庶民同罪，法律面前，無論受法律保護者，或受法律懲罰者，人人皆平等，不分尊卑貴賤，一律給予平等待遇，這是法治國家必須遵循的基本原則，也是憲法賦予人民的基本人權。

「這樣有錯嗎？」

學弟一時語塞笑笑說：「看開點吧！學長。」往後的日子，當我自己也頻頻為這些非一般的病患哈腰鞠躬服務時，感覺已漸漸貼近這片土地，融入這塊土地中，卻也慢慢的脫下白袍，告別了以往的堅持及承諾。

大P的盲腸炎

如果把醫療體系這個白色巨塔比喻成大自然界的食物鏈，那菜鳥醫生就是最底層的最小咖，They are no body，什麼都不是，沒人鳥。但是菜鳥醫生很可愛，他最厲害的地方就是拿著本厚達千頁的內、外科教科書聖經，按照病患的主訴逐一對照課本裡頭的描述，慢慢找出可能的診斷，加上影像學及檢驗的數據，就像小時候玩拼圖遊戲般把病患的原貌還原，最後恍然大悟，原來是這個病，雖然還是沒人鳥，自爽的喜悅也是一種精神上的無比成就感。

這種福爾摩斯的推理診斷雖然不一定準確，其實大概也八九不離十，這是一位醫師養成的必經之路，尤其是在醫學中心，幾乎是人手一本獨門武林秘笈，即使是主治醫師也不例外，因為他也曾經是個菜鳥，而且可能比當年的你還萌。然而，過早分科及過於專業的結果還是會犯上見樹不見林的毛病。

話說一位醫學院老教授（所謂的大P）因右下腹部痛掛急診，大P指導過的學生們當然傾巢而出，所有的檢查通通一定要做，主任接下來一個一個考。醫學生最先被拱出來祭旗報病史，手腳發抖，語音顫動三十分鐘後，最後在眾人的哈欠聲中下了個初步診斷——應該是「急性盲腸炎」，這也是他唯一知道的答案，不要為難人家，學生懂什麼？接著是Intern（實習醫師），人說醫學生是寶，因為他掌握了評鑑各級醫師的一票，連主任都得罪不起，可憐的Intern被醫院當廉價勞力幹苦工，忙得連書都沒時間讀，被「電」到時可能還在打瞌睡會周公，他的知識恐怕退步到連醫學生都不如，基本上是用來激勵醫學生努力用功讀書的反面教材，從R1（第一年住院醫師）到VS（主治醫師）甚至小護士心情不爽時出氣的對象才是Intern存在的價值，說的話當然沒人在意，還是早點下台吧！不要浪費大家寶貴的時間。

R1（第一年住院醫師）才是主角，基本的要求是X光、抽血的報告及尿液檢查的判讀，開口第一句話就是：「怎麼可能是盲腸炎這麼簡單？」醫學生畢竟還「嫩」呢！首先，你要排除泌尿道系統的疾病，比如常見的尿路結石，泌尿道感染，提到腸道發炎的疾病，除了以上的盲腸炎所述，還有憩室炎、潰爛性結腸炎、克隆氏病、終端迴腸結腸炎等等，你還必須說出右下腹部可能的腸道腫瘤疾病的名稱，比如常見的大腸癌、罕見的淋巴癌、轉移性癌症等等，同時不要忘記小朋友常見的腸套疊及腸扭轉，老人家雖然少見，但不代表沒有，這些都要把它列入鑑別診斷，之後建議排個電腦斷層及超音波檢查看看。R1必須掰到這個鑑別診斷的階段，否則如何過關？

R2基本上已經脫離菜鳥的行列，但是也不會很好過，他必須收拾R1拋出的爛攤子，如果是終端迴腸結腸炎，「你認為可能的致病原是甚麼？」轉移到大腸的癌有那些？「大P的症狀及檢驗數據像潰爛性結腸炎嗎？」影像學的鑑別診斷有那些？一大堆的為什麼，只要你R1提出來的假設，R2都得概括承受，回答不出來是正常的事，表示還有很大的進步空間，一題都答不出，準備被K吧！也有「屌」到答案在教科書上那一頁都告訴你的R2，古語有言「樹大招風」終究不好，如何拿捏？你得自個看著辦，這也是菜鳥成長為成鳥必須認真學習除醫學知識以外的做人道理。

最後終於輪到已經露出不耐煩神情及語氣的R3總醫師，其實R3是最輕鬆的，請別羨慕，他也曾經走過這條艱辛的路，如今媳婦熬成婆，是該享享清福的時候，也必須給予相當程度的尊重，因為一年後他考上專科醫師就可能榮昇為主治醫師，為了避免被整，謙卑恭敬的態度對白色巨塔的最小咖來說永遠是對的。

總醫師通常是當主持人的角色，綜合整理前人的報告，請戴上口罩忍著大便味做直腸大腸鏡的Fellow（考上專科醫師後走次專科的研究員）報告結果，最後恭迎主治醫師定奪。這不像，那也不是，更不能排出其他的病，還是住院觀察保險些。第二天大P高燒、畏寒、肚子鼓脹硬如鐵板，只好被請上手術台，原來真是連醫學生都會診斷的急性盲腸炎（醫學正確的名稱叫急性闌尾炎）。

這麼大的烏龍，其實一直是做醫師的盲點，往往最簡單的病卻用最複雜的方法去搞，還不一定有結果。因為病患的身分特殊、語言的隔閡、千變萬化的疾病、罕見的病、神經質的病患、一問三不知或是過度關心的家屬、故意裝病的病患、臥底的病患等等都是異於教科書以外的病患。待在這行愈久，碰的愈多，也成了考驗我這急診人最棘手的挑戰。彷彿又回到菜鳥時代，換成人生的閱歷來面對這些同樣以教科書的症狀來表現，結果卻是大不同的非一般病患。唉！怎麼說呢？當醫生，從來就不是有趣，而且每天都是令人膽跳驚心的事。

ABC

吉隆坡中央醫院（GHKL）外頭有一間著名的馬來小販中心，裡頭賣吃的應有盡有，三大種族的主食各有各的特色，賣冰品飲料的卻幾乎是馬來人。每當看到穿白袍的醫護人員走過來，攤販主人就會自動的把一盤五顏六色的冰端上來，飯後一碗冰，尤其是ABC冰，這已經是GHKL醫護人員的傳統。所謂的ABC冰，其實就是大雜燴，一般的冰都只有一種料，ABC的價錢一樣，裡頭的料卻是任你適量的添加，冰霜特別多，再淋一大瓢的糖水加奶精，大家吃了一再說讚，一傳十、十傳百、就成了你是GHKL人，如果沒吃過ABC冰，表示你真的是有夠「遜」。

台灣，畢竟是中國人的地方，說ABC的人不多，掛ABC招牌的店倒是很多，幾乎全部都是美語補習班，打著白皮膚、金頭髮、藍眼睛老外的噱頭教美語。還有另一類的ABC，指的是那些在美國出生的台灣人（Americal Born Chinese）。關於這一點，不得不提中國的現代史。近代百年的中國是條苦難的巨龍，飽受西方列強的蹂躪欺凌，一海之隔的台灣也好不到哪，馬關條約之後割讓給日本，就算再強的民族主義，被外人欺壓久了，自信心難免受到影響，總以為外國的月亮都比較圓，阿兜子（老外）就是天王老子。另外，國民黨被共產黨打敗撤退到台灣，整天想著反攻大陸剿滅共匪。時局的不穩，加上經濟的起飛，使的許多台灣人開始具備了往外跑的打算及能力，尤其是美國，之後落地生根的一堆，思鄉還家的也不少。

那些在美國出生的第二代就是ＡＢＣ，老美叫他們華裔美國人，語言除了一口流利的英文，就是憋腳的中文，說的哩哩拉拉，更不必說會寫得多順暢。至於那些小留學生或放洋留學的也自稱ＡＢＣ，通通都被那些自認正統的ＡＢＣ稱為冒牌水貨。

美國是台灣的乾爸爸，丟一陀屎給你也不敢不接，這是台灣的現狀，美式文化透過各種管道無孔不入也是事實，間接使得這些喝慣洋水，出生就含著金湯匙的ＡＢＣ處處都以為自己高人一等，如果沒有想同的文化成長背景，恐怕很難融入他們的圈子。

典型青少年ＡＢＣ的裝扮大多是一條寬的可以裝下一位小孩的褲，大大的T-Shirt，前邊後面寫的字不是SHIFT（屎），就是FUCK（操），要不然就是GOD

BLESS YOU（上帝佑你），除了戴扁帽，女的多數是一頭染成金黃色的髮，男的梳了個公雞頭，滿嘴WELL、ALL RIGHT、COME ON，耳朵穿洞，舌頭上鎖，腳上不是NIKE就是ADIDAS，聽著WALKMAN來到你面前自我介紹是髮型設計師，第一次來到這麼荒涼的地方，到底是什麼鬼地方？有沒有醫師？會不會看病？我想還是不要看了，繞了一圈最後發覺本院是規模最大的醫院，只好乖乖回來。

原來是發高燒，拿藥回家吃吧！原本是個簡單感冒的病患，換成ＡＢＣ就不一樣了，Complaint的黃單直接投到院長室，為什麼病不會好？說實在的，我也從沒看過感冒一天就好的病患，還是請這位ＡＢＣ回到美國找神醫吧！

美國那種多元文化及自由開放的學習環境並沒有給這些青少年ＡＢＣ帶來令人驚喜的成果，自大目中無人幾乎已等同於ＡＢＣ的代號，就連父母也是這個樣，「請教」醫師尚且如此，其他方面更加令人不敢領教，套句俗語：「跩個什麼樣？」當初嫌台灣不好落跑，回來之後還是停留在以往的刻板印象當中。當台灣的病患權益高漲而有權決定接受醫師的建議與否之時，ＡＢＣ那種萬病以自己醫療以外的知識的指導變成了落伍無知，這應該是上一代老人才會做的事，卻偏偏是現代ＡＢＣ引以為豪的事，如何融入新的社會就成了另一個話題了。

回到十幾年前在GHKL吃ABC冰的時代，我想那種超甜又黏膩的口感嚐鮮一次就好，天天一盤ABC冰，即使沒變成糖尿病，遲早也會得葡萄糖耐受不良症。

附錄

他鄉的故事

到底是這個政府有病？還是我們自己病了？

一　我的學弟妹們

一九九九年八月強制服務到期第二天，我就離職。當時大女兒雙雙已出世，休學兩年的內人寶鑽也準備回台灣繼續修讀他的博士學位課程，預計最快也要五年的時間才能畢業。因此，我也開始赴台的準備。當年許多同時還馬的同學大都放棄在台的醫師執照考，直接回去參加大馬的醫師資格考，我利用畢業後可以留台一年的寬限期取得行醫執照，當年的堅持讓我可以順利回台重新開始做醫師的日子，並且考取專科醫師的資格。闊別五年，台灣的政局早已變天，國民黨下台，民進黨執政，醫療的政策也一變再變。

畢業前兩年，家鄉就開始陸續傳出政府要承認台灣的醫科學位，也就是不必參加那個累人的資格考，直接就可以當醫生，以母校台大醫科顯赫的資歷而言，說是學術的考量，倒不如看成對華裔政策利多的選票拉攏。那個年代沒有互聯網，靠的都是寒暑假還鄉探親的學長姐們提供的訊息，以及家人三不五時寄來的剪報略知一二。當時已近冬天季節，醫學院兩旁的楓樹葉已差不多掉光，蕭瑟的寒冬景色漸次逼近，家鄉的傳聞雖只聞樓梯聲，還未見人下來，卻令人有守得雲開終見日，春天花開的暖意緩緩而至，怎麼知道？畢業時卻再在也沒人相信政府真的會無條件承認我們留台的資歷，要嘛！回家乖乖考試，不然就留在台灣，蹉跎之間，青春已逝。實習醫師的生涯結束後，我被派到豐盛港服務。某個大熱天，竟然在大街上碰見我弟宏志的高中同學阿狼哥。

阿狼哥大學時與我同校，聽說我在豐盛港當差，專程跑來請教有關資格考的一些疑問，我看是來豐盛港刁曼島遊玩才真，虧我還特地回老家居鑾抱來一堆參考書傾囊相授。當時已知他娶了位台妹，於是語重心長的告訴他：「還是想清楚一點。」語言的隔閡、醫療執業認知的差異、家庭的調適以及制度的偏差這些結構上的問題恐怕才是留台多年的我們必須認真考慮的事，而不是資格考而已，因為那不是很難的考試。數個月後，基於學長的關心，打電話到他家問問近況，家人說早就回台灣去了，就在見習的第二天，當然也沒考成資格考，一起落跑的還有其他人，在此不便一一道明。之後在台北的內科專科醫師考場上又巧遇他，人已胖了一圈，生活舉止完全融入當地的醫界生態，坐的是頭等艙，住的是五星級飯店，下個月還要代表高雄長庚醫院到匈牙利布達佩斯開世界醫學胸腔科大會，並且順道一遊，所有的一切都是藥商買單，還被他虧了一下：「學長，你在馬來西亞有這些好康的嗎？」往後彼此還有聯絡，最後還是按耐不住的問他當時為何落跑？

「學長，沒有意思，你知道嗎？」

我也不是很清楚話中的涵義，可能是詞窮，也或許是話中有話。阿狼哥的聰明不只是表現在倒背兩本內科聖經《哈里申》如此而已，識時務者為俊傑，他敏銳的嗅覺早已聞到大馬政府善變的個性。不久後政府終於發佈承認台灣的醫科學歷，我們都不會忘記當時鋪天蓋地的新聞報導，表面的甜頭看在留台的眼裡就如狗屎一坨。第一，自九六年斷頭，之前的還是必須考試。

多年前在學弟妹們家鄉的有關醫療的網頁上看到有關醫療的座談會，主角竟是已算過期（對不起，我必須這麼說）的何姓學長。就好像請我講在僑生大學先修班該如何生活一樣，也才不過幾年的時間，就已失焦了，更何況是一日千里的醫療行業。

資訊的脫節，使得考照的難度更高。基本上對留台的這批獨中生精英不是問題，態度才是關鍵。第二，就是必須完成實習醫師及取得醫師執照。內行的人都知道台灣的醫師執照並不是想像中那麼好考，只有三十多巴仙的及格率，考到了就可以名正言順的在台行醫。況且，我沒欠政府什麼。相對的，政府也沒欠我什麼，回去幹嘛？兩條畫蛇添足的遊戲規則把包括阿狼哥在內的學弟妹們變成了四年制的末代考生，就如同六年制改為四年制的荒謬一樣。乖乖牌永遠吃大虧，打混摸魚降級延畢的學弟妹們反而賺到，兩相比較之下，回去服務的人更不如前，官方的統計數字可以說明一切，不要怪留台的飲水不思源，結構上的設計才是真兇。

阿狼哥雖然還是算錯了，也好歹混得不錯。「夢」終於醒了的大眼睛美美學妹就不是那麼幸運了。那時我被借調國大外科部，在病房巧遇她，因為家庭的關係不得不回鄉，連在台的醫師考也放棄，就等政府的大赦，無聊來國大見習看看。大赦的消息傳來第二天，她來向我告別準備回台。往事如煙，別再提起，弔詭多變的祖國實在令人有身在江湖，事不由得你的感慨。

二〇〇〇年四月我隻身先行赴台，帶著僅有的二百美金回到內人寶鑽以前在基隆的租處。房東太太依舊保留了當初的房間以及衣物，並且不收一毛錢（說真的，我也付不起）還白吃幾頓飯。先生的早逝並未在她年輕的臉龐留下自怨自哀的倦容。然而，歲月還是無情，五年多了，額頭也添了些痕，已升上中學的惠君還是一樣嗲聲的叫我廖叔叔，一切都沒變，只不過一小時車程的台北卻已變的讓我連捷運也不會搭，八十年代的裝扮也與這個摩登的城市顯得格格不入。

拿著醫學會的徵人啟事錄求職，碰了幾個軟釘子，不知為何，可能是累了，意興闌珊之下竟然逛到台大醫院急診部，心想運氣好些，或許能碰見老朋友給個頭路找飯吃，輾轉得知同班的尊孔高才生立民兄在此受訓，至今他還怪我當年沒有邀他一起到桃園同班同學老爸開的醫院參觀，結果吃了人家一頓龍蝦大餐的全都跑回KAMPUNG，沒嚐到蝦味的他卻成了醫院的元老。盛情邀約之下來到桃園，印象裡頭除了上大學之前必經的海青會訓練待在中央警官學校之外，已完全沒有記憶的留存。桃園，除了入出境的中正機場，看來不過是友人口中黑道雲集，牛肉場逢勃發展的是非之地。客套一番，回去考慮看看，其實也沒多少選擇，當時許多醫院招收醫師都會註明必須是中華民國籍。最後還是決定落腳桃園，往找立民兄時他正巧休假，竟意外碰見沙巴的胖學弟書哥，就跟著他到苗栗，一直至今已七年，真是無心插柳柳成蔭，命運就是如此。

苗栗位於台灣的中部，是個山城，客家人居多，經濟活動以農業為主，尤其是水果，如十幾年前的老家居鑾一樣，聽也沒聽過。書哥晚我一個梯次，和阿狼哥是同學，成績排名前三畢業，平心而論，以全台第一學府來說不可謂不優秀。因為是家中的獨子，當年和我們一樣都打算回家打拼，也和美美學妹一樣等政府的大赦，陰差陽錯之下來到苗栗，一起的還有大學時同房的勇哥及小黃。勇哥還是我的直屬學弟，上面的是廖姓學長以及後來當上某區域醫院急診部主任的洪姓學長，更上頭的是天天做著美國夢的張姓學長及只聞其名不知何人，最後終於赴美的宋學姐，還是中學母校前校長的千金。

除了宋學姐，大家都曾有志一同回鄉奮鬥，最後只剩奮鬥多年終成名醫的廖姓學長留在家鄉。我們這一族是同床異夢的夫妻，各過各的生活不相往來，勇哥不計前嫌留我同居，想起來還真是有點慚愧。

大赦條款發布後，學弟妹們哀莫大於心死，不是娶妻就是嫁人，或者考醫學研究所以取得合法的留台身分繼續留台的夢，也因為報考年限的認定，全都比同期的台生晚幾年考取專科醫師的資格。好學不倦的書哥直升中山醫大博士班，大概是留台習醫最高學歷的本土代表。大家一起共事，笑談過去，往事歷歷在目，如今都已成家立業，還是想「家」，回去的路不因時間的縮短而拉近，感覺是越來越遠。

一同在異鄉同一醫院打拼的還有拿破崙、薛某等等學弟。拿破崙喜歡找我聊天，尤其是家鄉醫界的八卦是非。他有一套個人的完整計畫，比如幾時完成專科訓練什麼時候該學什麼東西，連ＭＲＣＰ（家鄉的專科代名詞）的準備也赫然在列，並且常在網上post一些有關醫療的文章指點學弟妹們的迷津，有點半仙的意味，也是郎中，至少沒有騙錢。內科專科醫師考前，他不知為何辭職跑去屏東一間小醫院，錄取名單公佈後，大家還通過電話互相恭喜，問他落跑的原因？又是一句：「學長，沒有意思，你知道嗎？」故弄玄虛？還是唸醫的都是如此，除了專有名詞，其他的都不知如何表達？聊到往後的計畫，他選心臟次專科，我則拿急診。半年多後ＳＡＲＳ爆發，差點把台灣變成一座孤島。急診人人聞ＳＡＲＳ色變，尤其台北傳出兩位醫師掛掉的消息後，更是人心惶惶。同時留台習醫的高中同學傻佬問我要不要一起落跑？當時已是騎虎難下，醫院也不會放人，良心更過意不去，傻佬不以為然：「你以為台灣會把你送進忠烈祠嗎？」別傻了，連駙馬都跑囉！果然，晚間電視就爆出駙馬爺請假的新聞。就因為內人寶鑽的一句話：「你不是要救人的嗎？」不知是調侃？還是鼓勵？就留了下來硬起頭皮穿著幾公斤的防護衣上場。拿破崙學弟卻跑了，來走的很匆忙，連剛買的豐田 Toyota Altis 還來不及脫手就放在玉雲學姊那折價託賣，連夜飛回 Kampung，大概從未想過會如逃難似的這樣回家為民服務。多年以後，彼此還有聯絡，他已快結束強制服務打算出來開業，問我現在回來台灣好不好？台灣的健保醫療政策已把醫師整得慘兮兮，醫療環境大不如前，如果有心，直接在馬開業，畢竟家鄉的父老同胞更需要你。至於他所推薦的基金，我沒買，第一，沒什麼閒錢，二來，管錢的是我太太，她自有一套理財的方法。

兩地奔波的勞累使得親情薄如蟬翼，經不起輕輕一撕，學弟英生回馬時與我在中國醫大的高級創傷訓練考場上巧遇，談起近況，大家都不約而同的如此感嘆，不久就得知他回鄉服務的消息。取捨之間，總會有些失落，也是留台的特殊經驗。

夏末秋至之時，我把家人接來台，女兒雙雙已一歲多，接送的勇哥與嫂子一直逗著她，嘻嘻哈哈不知在笑什麼？見到我卻如看到可怕的壞叔叔一樣，寶鑽往台北上課的日子，我的惡夢才開始，躲開還不大緊，哭得呼天搶地，連隔壁鄰居都以為我在虐童，頻頻敲門關切，連警察也找上門，以為要吃牢飯了，最後搞清楚原來是查戶口而不是來找我的麻煩。

就這樣足足過了一年多身兼奶爸的日子，漸漸長大後的雙雙卻變成超級黏我的膽小鬼，她最喜歡聽我談起寶鑽懷她時，每天風雨無阻的在豐盛港中央醫院前海堤漫步，以及推著搖搖車讓海風吹拂她臉龐的往事。

「家」永遠都是最後的避風港？

二　我的前輩

「你怎麼會在這？」

問話的是我非常尊敬的莊姓學長，畢業後不見多年，竟然在寶島異地重逢，一時之間不知如何該開始聊起；彼此問候幾句後，還是回到還鄉這個敏感的話題。學長一直以為我回馬執業去了，怎會在這混？說來話長。其實唸醫（尤其是台大）的學長姐不是赴美就是留在台灣，最積極也無時無刻準備回馬的就是莊姓學長，寬柔的高材生，大學五年級時就邀我們一同到馬大見習準備回馬考試。信寄了，還請導師寫了封推薦函，馬大的文也批了，也忘了那時為何又放棄，恐怕是英文不好怕同鄉見笑，最終連資格考也沒考就留台娶妻生子當個腎臟專科醫師安安穩穩過日子。

「回去？」

不可能，也不必。言談之間頗為滿意目前的生活，也早已不見當年的熱情與誠懇，反而勸我想開點賺點錢比較實際，道別後望著他遠去的背影，恍然間竟有種歲月無情且帶點無奈的複雜情緒感受。

身在異鄉，隨著時間的流失，越發惶恐的就是再也回不去了。家鄉的回憶變成親人葬禮的告別式，久而久之就是一片空白，你的後代沒有興趣，你也識相點別再提起，最難過的還是融入不了新的社會。

學生時期，學長姐們總會熱情教導我們如何投入本地生的圈子，不要老是像父執輩們搞什麼同鄉會，入境隨俗，交個台妹台客最直接了當，其中的代表就是李姓學姐，事實還是勝於雄辯，同樣的年級，不同教育背景成長之下的年輕人，理念終究還是相差十萬八千里，分手不過是遲早的事。後來因為排僑之故，尤其是醫學系，發起的還是自認親僑的學長姐，雖沒共產黨紅衛兵的恐怖，然而自此彼此的信任也已經蕩然無存，相見似如陌路，話不投機，只好捲起鋪蓋跑到林口長庚醫院當實習醫師，此舉更不見容於學長姐們，什麼見利忘義，忘恩負義等等的不堪字眼完全出籠，心灰意冷之下回到馬來西亞乖乖準備醫師資格考，其實也是不想當個非法的高級外勞。

還馬考試幾乎是所有學長姐的噩夢。因為學制不同，台灣學的是美國制度，與殘留英國殖民風並且變本加厲加以發揚光大的大馬不同。老美動不動就是電腦斷層、核磁共振、質子掃描等等高科技的東西，強調的是檢驗數值的判讀及影像的讀取，尖頭曼（Gentlement）靠兩隻手以及不知何種年代聽診器的功夫真的是難倒我們。因此，進入本地大學見習是必經的過程，除了絕頂聰明及上天幫忙的玉雲學姐（考前幾天才從台灣飛回馬大，long case考的竟是他的專長婦產科）幾乎沒有例外。

除了馬大、國大，還有北大都可以當見習的醫院，也是考試的所在。為了公平，大家一起抽籤，分到哪聽天由命，最慘的是分到北大，我的高中同學的哥哥春福學長至今仍是憤恨難平，那間最徹底本土化的大學，完全用馬來文來應對，命也？時也？那時在馬大圖書館巧遇，他已做好最壞的打算，結果真的被當，拖著苦瓜臉回台，現在是泌尿專科醫師，提起往事，除了搖頭，還是嘆息！同時不忘拜託我關照他家鄉的長輩。

我則抽到籤王——馬大。

馬大畢竟是第一學府，勇敢的內科主任大衛先生冒著被炒的可能把一位自稱不知第幾代巫師傳人的友族準醫生當掉，並且語重心長的對著其他幾位友族學生說：「再多給你們一次機會。」考題也事先發給，還過不了，真的也不知該說些什麼。究竟還是少了點膚色的考量，其實講的卻也不是只有實力而已，還須加上運氣。

我在那碰見沙勞越的惠忠學長，此君在校成績一等，且在KAMPUNG長大，所以略懂一些印度話，上回剛好分到一個罹患精神病的印度大兄（考官說他會說馬來文），人來瘋時說了一堆無人能懂的「神」話，可見熟練多種語文的優秀生也沒轍，結果一如所料被當。這次一起考試還是一派輕鬆，沒見他在病房見習，倒是常常燒炷香拜拜佛，考的還是精神病患，換成個馬來人還會說英文，真是有求庇蔭。考完後各奔東西，已有多年沒有連絡，偶而問起他近況的竟是久違的陳×柏學長。

陳君是學長們口中的傳奇，當時留台的已鮮少還馬，斷根數年後他是第一人，考的又是六年制的舊制度，自然成了資訊落後的學長姐們的活看板及諮詢對象。有一陣子毫無他的音訊，以為掛了，原來是幹了幾個月受不了苦，錢又不夠用，竟然和我太太寶鑽一樣窩在檳城台灣僑校教書，一個月多賺幾百馬幣，確實比當醫生好一些。然而，畢竟不是教書的料，幾個月後就被炒，又回到台灣找吃，最後還是還馬，因為在吉隆坡中央醫院（ＧＨＫＬ）婦產科與上司馬來妹在晨會上互毆而成了誰人不知無人不曉的大人物，我在婦產科實習時所受的非人一般的特別待遇一定是拜他所賜。見面時我已快結束實習的生涯，哈啦一番後還是忍不住八卦的問他和馬來妹之間的恩怨，陳君留下一句耐人尋味的話「你知，我知，老天知。」連咖啡錢也沒付就走了。

我和陳君在校雖然住在同一棟宿舍，見面閒聊的時間竟然比這次彼此互吐一堆賭爛事的時間還短，我想可能和他怪怪的脾氣有關，學生時期有如一匹狼般獨來獨往，神秘兮兮的還以為讀書讀到秀逗，也可能是和醫學界自己顧自己老死不相往來的傳統有關。

與上司互幹的不只陳君一人，還有我的高中學長，也是同鄉的馮姓學長。我曾與他共事，不論開刀的技術或是醫療知識方面，都很傑出，離台還馬又回台也是一段曲折的故事。習醫的都知道，醫學界弟子的武功高低與否，除了天生的資質，後來的訓練，最重要的還是前輩們的傾囊相授。因此，感恩之心常有，批評前輩是不可思議，也是不道德的事，不是反骨仔就是腦筋壞掉入錯行了，更何況是幹架，那真的是孰可忍不可忍了。

公職醫師生涯的後段，我被派到新山中央（Sultanah Aminah GH）醫院麻醉科受訓，有幸與馮姓學長口中的女主角共事。此女被譽為本地醫界的奇葩，年級輕輕就當上外科主任，自有其一定的本事，脾氣卻是極差，可能年少氣盛，稍不滿意就開砲，醫護人員被罵得狗血淋頭是家常便飯，病歷還必須例行的被甩出去。其實不只馮姓學長而已，其他人也一樣，只是留台的根本不吃這一套在台已經消失的日式大家長權威的外科傳統。馮姓學長一言不語拿起支離破碎的病歷紙，在所有人還未反應過來時砸回主任身上，當場被炒，第二天飛回台灣，後來到瑞典完成泌尿科博士學位。我與他在林口長庚醫院不期而遇，他告訴我這段往事，談起為家鄉同胞服務的理想與熱情，已不知是中華民國幾年的事，夢醒了，他老了，我也不再年輕，還馬時學長一再叮嚀：「加油！學弟。」多年以後還是能夠感受到當時的鼓舞之情。

「幾時回來？」

這句話已經成了留台學長姐們的禁忌。當我巧遇何姓學長時，他問了我一位學長的近況，還是一句：「幾時回來？」

何姓學長口中的張姓學長看起來總是鬱鬱不得志，是典型的大馬搖籃，台灣床，美國夢的那一代，奈何時不我與，畢業時已不興留美，有志更上一層樓的大都留在台灣報讀臨床研究所，老美的制度也不歡迎醫生去搶飯碗，除了超難的醫師資格考，綠卡也不好申請，大環境如此，只好委身在屏東一間小醫院。

當時台灣的醫療政策還未全面開放，從他以降留在台灣而沒有身分證的學長姐都是非法的高級外勞，政府半閉著眼，大家也很有默契的不說，最後終於因為專科醫師報考的年限認定的問題而爆發出來。民進黨當家後就地合法的年資才算，過去的一筆勾銷，也使得往後學弟妹們報考專科醫師的資格無端被延長幾年，包括我在內，在馬服完公職登台取得內專及急診專科醫師資格前後共十二年，可說是前無古人，也不可能有後來者，這些都是學長姐們努力鑽法律漏洞之後被圍堵的結果。想起在他鄉奮鬥堅持完成美國夢的張姓學長，箇中心酸難以為外人道盡，不要問我，我真的不知道。

至於何姓學長，大概是同屆學長姐們成績最好的一位，一起回馬的還有廖姓及黃姓兩位學長，也是六年制的最後一批考生（之後改為四年），他門全是我大學時的球友。我倆見面的地點不是球場，而是GHKL的急診室。

那時我已完成實習醫師的階段，正等待分發，空檔時間被丟到腦神經外科磨練。學長不知如何混到本地大學開設的醫學研究班，因為友族考上海外專科醫師的比例實在太低，與人口比例不符，政府只好自立門戶，訓練只有本土承認的專科醫師，只要外放偏遠地區兩年都有機會申請。何姓學長考上國大骨科，我倆值班時一同處理一位多重外傷骨折併腦出血的病患而相遇，真是有緣。

唉！年級還是大了些，何姓學長的體認稍晚，也不算太遲，與其留下來浪費時間，倒不如開業算了，其中也有經濟因素的考量，無可否認的，在公家醫院當公務員的都曉得自己的機會有多少，尤其是華裔生。廖姓學長後來在家鄉Batu Pahat開業，是當地有口皆碑的名醫，我老姐生病找他診療時還問他認不認識我，語氣態度誠懇的說：「學弟，幾時回來一起混？」

前輩，請受晚生一拜。

武俠小說中常見的情節換成現在的場景，跑江湖的人都曉得「前輩」是種尊稱，可能有著一身無法測底的功夫，也或許是位德高望重之人，總之代表的是一種人生歷盡滄桑的江湖地位，自有其時代的意義。我的前輩都已過了不惑之年，事實或許不盡如此，卻也是那一代赴台習醫的獨中生共同都有的遭遇。人生的際遇並不因我們共同的成長背景而類似，想回家的心情總是像鬼魅一般的纏著我們，對於移民後裔的我們而言，「家」永遠只是一個找吃的代名詞，在馬如此，留台一樣，赴美亦然，不同的是那種混合了在馬被擠壓當二等公民的無奈，留台的又被譏為拿了僑教政策好處又賣乖的外省人，赴美就不必說了，「逃」終究還是我們這一代一直避免卻是鐵一般的事實。做一個人，倒不如像一隻螞蟻，那裡有糖就爬呀爬去那裡吧！

三　我的同學

同學聚會是最無聊也無趣的一項社交活動。除非你是發起人，否則通常你不想，也不會去參加。發起人通常都是在江湖打滾數十年，好不容易累積一定家產的人，不一定是當年最傑出的同學，可能是墊底的朽木。總之，被你瞧不起的翻身了，原來頂尖的更神氣，再對照你現在落魄失魂的樣子，活該你瞧不起人。風聲一來，老早就躲得遠遠的，卻沒想到當年神通廣大的總務總會找到你，叫你滾出來，同時記得攜伴與會。於是，你會看到許多慘不忍睹的畫面，當年的俊男美女全都變成腰圍粗大的像水桶一樣，男的禿頭，女的胸部下垂，臉龐爬滿歲月無情的痕，不必開口喝酒，真槍實彈一刀未剪的震撼畫面就能令你嘔吐一個晚上。早知如此，何必辦個如此駭人的派對呢？

大學畢業十年，終於有這樣的人不能免俗的出來發起同學聚會。其中一位就是尊孔的高材生立民兄，大家習慣叫他多利狗，也是當年沒有一起回鄉參加考試的唯一一位男生，因為拿的是大英帝國的護照，祖國又不是大馬，幹嘛回去受罪？況且又是僑生的身分，不用當大頭兵，因為台灣有兵役法。兵役法跟女生無關，男生則不論身分與國籍為何都有很大的關係，從你成年開始，一般徵招適齡是十九歲，只要持續就學不中斷，間中可修學一年但下年度必須要繼續讀，這樣你就免役，如果間斷長達一年以上，就會在十五月內收到徵招的單子，叫你去體檢，然後抽籤，接著去當兩年兵。一直到四十歲，你都可能收到這樣徵招的單。出國也一樣，港澳生可利用每四個月出境的便利來逃避非居留長達四個月以上的居民來鑽法律的漏洞免役，台生除非有重大傷病、精神疾病或其他會影響日常生活作息的障礙等等，由醫生診斷證明後，基於入伍後的不便及體力上或配合度的問題可免徵招入伍，否則只要護照被蓋上「尚未履行兵役」這章，註定這輩子就跑不掉。對於極度講求長幼有序倫理的醫界而言，兩年的時間就足夠讓豬羊變色，通常你已經是R３（資深的住院總醫師），同屆畢業的台生才是菜鳥R１，有點在人家地頭上反客為主的味道。台生見了當然不是滋味，於是才有僑生必須出境兩年才能入境受聘的規定，沒回家而直接留在台灣的都是非法的高級外勞，跟港澳生一樣每四個月出境一次做逃兵。當時不願當非法外勞的我們只好回家。

上得山多終遇虎，學長姊們代代相傳的生存秘訣還是破功，九十八年法條重修即往不究，就地合法特赦後的立民兄現在窩在一間教學醫院當急診主任，加上急診醫學會某個委員會委員的銜頭，人本來就機靈聰明，多年在台奮鬥總算有成。當年留在台的另一個是我高中的學妹楊小妹，統考成績一流直接分發到台大（全馬只配給四個名額），我則多唸了一年僑大先修班，因此與她同屆。

楊小妹住在黑水河（Ayer Hitam），人如其地，長得黑黑胖胖，後來在一位遲婚的同學婚禮上巧遇她，人變的白白瘦瘦，以為是走整形外科皮膚科之類，反而被他虧一雙老鼠眼要不要給她看一看，原來是眼科。楊小妹的哥哥是高醫大的學長，很早就留在台灣發展，因此沒有身分的問題，聽說我回家，還問起一位他的同學的近況——家鄉開業的陳姓醫師。至於其他的，畢業後都準備回馬，包括室友開敦、思遙、敬嵩、堅樑，連我一共才五人，已是歷年回去人數最多的一屆，台大的尚且如此，其他的醫學院更沒膽回去，想想留在台灣的方法更重要。

天上不會自動掉下禮物來。

這是信奉主耶穌基督的開敦的名言，連上帝都懷疑，更不必說是家鄉那個思路詭異的政府。因此，當我們還在為醫院的全勤年終獎金努力，以及幻想政府終於承認我們的學位之時，開敦已收好行李提早開溜，透過特別的關係混入馬大醫院見習，用了足足一年的時間準備資格考。其間結識了許多應屆畢業的優秀華裔生，毫不自私的教導我們最差的臨床考試技巧，包括現今在小弟家鄉執業的Dr. Yee。當時大家一起住在馬大醫院附近的PJ 17區，經常可以看到他和惠忠學長一起跑步吃飯，已是老鳥的開敦把一般考生該注意，應注意，而未注意的教戰守則等等細節一一點明，並且偷偷告訴我一個鮮為人知的秘密，原來年底的這次考試是和落第應屆考生一起考，放眼望去全是黑壓黑壓的友族同胞，知道吧！小廖，放心吧！小廖。

所謂的公平，留台的體會更深，在家鄉被當二等公民又不敢吭聲，在台又被台生冷眼歧視而委縮自己。當年同窗的情誼都在大學四年級時那場大規模排僑的抗議活動中煙消雲散，見面都有些尷尬，更不必說交往，十年後的聚會更不必去客套寒喧，一來自己也沒什麼成就，第二，何必去沾人家的光，其三是地點遠在台北，最後出面邀請的只是助理，根本沒有誠意。當年排僑的主要原因就是佔據學額（對照現在的九十七巴仙，當年大學的錄取率只有三十幾巴仙而已），考試放水（墊底的都是僑生）等等不公平的僑教政策，有點子無虛有，謠言傳久了也變成事實。同理心看待家鄉一些無法理解的事，不公平才是團結的主要障礙。放心吧！小廖放心吧！還有這些僑生，這樣的比喻也只有身在其中的我們能夠理解。

備考期間抽空完成終身大事，那段時間是我讀書生涯最苦的日子，參考書都是厚達百頁的原文書，英文本來就不好，常常看的頭昏腦脹不知所云，只好拿出在僑大的看家本領「背」，連指導的精神科教授胡申也頗為驚訝我如何能記起書上一大堆精神科的診斷標準，沒什麼，我班上這種人多的是。

胡申教授也是少數不以膚色而以實力論成績的馬來精英，同時落力幫我們的還有活躍華社，且是華研中心領導人的國內腦神經專家陳×登教授，以及當時還是研究生，現在已是骨科名醫的DR李，他常以留學印度的考生鼓勵我等留台生：「他們（留印）的英文流利的可以把大象說成老鼠，可是大象終究還是大象，不可能變成老鼠。」看來中文造詣不錯，也確實給了我們很大的信心。一起應考的還有僑大同一梯次的賀彤、添花、我的天才學姊玉雲以及同在林口長庚打混的耀文。天下無不散的筵席，通過考試那天，大家聚在PJ某大戲院前吃離別餐互道珍重，期待再會，誰也沒想到下次再見竟是在台灣，這——又是另一個故事了。

我從小就很怕黑，尤其是一個人呆在黑漆漆的空間，大人們繪聲繪影出許多有關黑的種種事情，大多不是鬼怪就是妖魔，外在恐怖駭人的型加上內心感受的生命威脅，久而久之使「黑」漸漸脫離只是一種顏色的認知，變成內在深化且無時不起波浪的不愉快經練，表現在外的就是恐慌焦慮，內心是憂鬱的，永遠不會快樂。精神科醫師經常會複製、投影、分析支解，並且以藥物達成治療的目的。通常效果也不好，最後只好住院，沒人管的多數自我了斷，來急診被我們急救的也是慘不忍睹。先天的不良，後來的失調、介入、施援失敗的結果就是悲劇。「黑」所延伸的恐懼使「逃」成了不得不然，也是唯一的選擇，否則下場可能就是如此。

逃到哪去呢？

人類逃的本性是從不可預測，變化無常，時刻危及生命財產的惡劣環境中開始。因此，地理空間的遷離，環境的變遷，從一個空間逃到另一個空間，再因另一個恐懼的原因逃到另一個地方是常有的事，最後可能回到原點，擴大解釋成只有一個地球，你能逃到哪？於是成了無可逃避的宿命，也是留台生，尤其是獨中生的悲哀，這早已不是社會學家的問題，而是醫師的專業，只是如此外在的牽強環境似乎無法涵蓋所有的個案。

從生理學的角度來看，人的大腦肯定存在不同的差異，每個人都不同，同時也是煩惱的根源，不論結果如何，「我」都是獨特的，唯一的，他者可能就成了無意義的個體，或是潛在的威脅。最後就是我必須是孤獨，分離的難以融入群體之中，即使進入也不容易，或者沒有辦法在一個特定的群體裡頭找到一個定位。所謂的「立錐無地」用在我們留台人的身上就是如此，就算是留台的也未必懂，更不必說那些來插花的非留台生（因此才會把我的同學錦樹（唸文的）的立錐無地曲解亂讀）。

我的同學與其不惜一切代價的逃出來，倒不如花點時間再瞭解熟悉自己自身處在的環境，才能克服不利的先天因素，創造經濟，建立文化的涵養規章及制度來穩定對外在環境的幻想，說起來有點天方夜譚，也好像是一堆風涼話。所以，我只好搬出我的同學聊一聊，不管在地的或是留在海外的，儘管立錐無地，他們都做了很好的示範，生存其實早已不是問題，立錐無地的涵義根本不是如此簡單而已。

（全文完）

我要回家：後離散在台馬華文學——黃明志、廖宏強與原鄉書寫

張錦忠

家，真的是那麼不堪一回嗎？

——廖宏強，〈後記：未竟之夢〉（2008：198）

想回家的心情總是像鬼魅一般的纏著我們。

——廖宏強，〈他鄉的故事〉（2008）

身在異鄉，隨著時間流失，越發惶恐的就是再也回不去了。

——廖宏強，〈他鄉的故事〉（2008）

諾亞，若啞，我們的舌頭是生了根的太空船，一千句離開，一萬句回來，請聽那真正的傷者保持沉默。

——邢詒旺，〈燙傷的舌〉（2007）

華裔馬來西亞人黃明志二〇〇七年七月十五日在YouTube上傳饒舌歌短片《我愛我的國家》（Negarakuku）後，瀏覽人氣超旺，但是也引起軒然大波，遭馬來西亞政府指控，說作者扭曲國歌有損國譽。去年夏天，黃明志自銘傳大學畢業，準備返鄉。七月底，他從台北飛香港，與工作團隊會合，再從廣州、中南半島搭火車或公車，一路上訪問同是天涯遊子的大馬人，歷時一個月，趕在國慶日（八月三十一日）前一天，回到馬來西亞。他將這段返鄉的心情與歷程錄製成紀錄片，片名就叫《我要回家》。

黃明志的「回家故事」其實是一個後離散（post-diaspora）的故事，也是反離散（against diaspora）的故事。離散、後離散、反離散，總之，涉及的關鍵詞，都是「鄉」：家鄉、故鄉、原鄉、異鄉、他鄉。把「鄉」換成「國」，其實也無妨：家國、故國、原國、異國、他國。除了其中「原國」較鮮用之外，其他的可替換性竟是那麼高，一如英文的「country」一詞，既是鄉也是國。黃明志的「回家故事」，當然是個返鄉的故事，也是個回國的故事。值得注意的是，《光明日報》的記者在報導他的回家故事時，還用了「落地生根」的成語，彷彿說的是一個一九四〇、五〇年代馬來亞的中國僑民在「落葉歸根」與「落地生根」之間的抉擇，令人覺得時空錯亂與詭異（uncanny/unhomely），不由得不問：黃明志為甚麼要回家落地生根？

黃明志為甚麼要回家，當然是個修辭提問。他從馬來西亞以「僑生」身分赴台灣唸書，畢業後回家也是僑生的常態。留台僑生畢業後不回家，留下來，依據台灣的法律，也只能合法居留一年。早點返鄉，有助於早點適應當地的就業市場，他為甚麼不回家？但他回家，為甚麼是「落地生根」？

華人離散馬來西亞——乃至東南亞——的歷史，不是這裡要敘述的故事，因為那已是歷史。以「離散華人」[1]（diasporic Chinese/Chinese diaspora）指稱這個族群，指涉的即這個地區的華人的歷史——離散的歷史。早在十九世紀中葉（或更早），中國南方沿海的下層人民便開始大批南移，到東南亞出賣勞力，少部分經商，形成集體出走的「離散華人」。「離散華人」的後裔，即使不再離散，也還是「離散華人」，因此這個詞語並不一定要與「落地生根」方向相反。換句話說，我們在談本土論述時，不一定要反離散，因為離散華人其實早已在本土（或本土論述裡）落地生根。

將黃明志的「我要回家」與「落地生根」劃上等號，顯然只是一種書寫策略，一如黃明志的回家路徑也是一種策略。不過，他的「落地生根」路徑其實不是離散華人的歷史路徑。十九世紀的離散華人，或十五、六世紀的離散華人（Baba的先輩），或者鄭和的艦隊，他們下西洋的路徑悉為海路。黃明志大可如法複製歷史，從香港買舟南下，經南中國海抵淡馬錫（新加坡舊名），再轉進麻坡。但是他沒有，他像「離散馬來人」——雲南原住民——一樣，從中國西南方經中南半島進入馬來半島，終於在國慶前夕抵達國門「落地生根」。

落地生根不是回家，而是去國離家後的歷史時刻。離散華人在馬來（西）亞落地生根，不管是從十五世紀還是從十九世紀算起，無論離散的路徑為海路或陸路，都不是「回家」的故事。嚴格說來，落葉歸根返唐山才是離散華人「回家」的故事。另一方面，落地生根，其實已是將他鄉作故鄉，何況在馬來亞建國元年的脫殖歷史時刻先賢先德也「簽」下了「社會契約」（social contract）——儘管許多年後，尤其是一九六九年以後，在種族政治的議程裡，社會契約早已變質，變成了「種族契約」（racial contract）——從此離散華人及其後代即在那裡安身立命。

有了安身立命所在的離散華人當然會有許多回家的故事，尤其是離散華人的後代，出國本來就要回國，儘管有人基於種種原因而離開馬來西亞——移居他國。換句話說，就是「去國離家」，就是「再離散」。在華馬文學的範圍，我常舉的例子是移居北美的楊際光、白垚、黃閏岳、林玉玲及移居澳洲的餘長豐，他們多是在一九六九年以後再離散，成為「再離散的離散華人」。「再離散」，是離散之後的離散，故也是「後離散」現象。而在一九八七年之後，再離散潮波濤洶湧，時至今日，幾乎有海水的地方就有外流的「再離散的馬來西亞離散華人」。另一方面，「再離散的離散華人」離開馬來西亞，到他國就業、經商、當客工、升學，客居他鄉一段時期，時間到了，多半就會落葉歸根，回到馬來西亞。返國之後，當然，有人飛黃騰達，有人苦無立錐之地，有人再度去國，繼續以進行式書寫這篇論文所論述的後離散的跨國、回家的故事。

不過，黃明志的回家故事點出了「留台人」繞道還鄉的路徑。他回家之後，有沒有找到立錐之地，現在言之過早。但是警察局已傳召他去吉隆坡問話了。下文未卜。同樣是「再離散的離散華人」，馬來西亞柔佛州居鑾人廖宏強在一九八六年離開馬來西亞，到台灣唸書，一待九年多，一九九四年畢業於台灣大學醫學系後返鄉回家「落地生根」。不過，在一點也不豐盛的豐盛港當了四、五年的醫生後，終於還是在一九九九年或二〇〇〇年再離散台灣。「但故鄉畢竟難以安身立命」，黃錦樹如是說。「故鄉」與「安身立命」之間，竟是一種辨證甚至排除關係。難以安身立命的地方，是否還能叫「故鄉」，固然是個問題，不過這裡更重要更簡單的問題是：故鄉何以難以安身立命？

這個問題當然有各種答案。廖宏強在他的散文集《獨立公園的宣言》裡說了不少故鄉與回家的故事，不過，更精彩的是沒在集子裡的〈他鄉的故事〉。廖宏強念醫行醫之餘，也是「在台馬華文學」的生產者。在《獨立公園的宣言》之前，已出版了短篇集《被遺忘的武士》。散文與小說表現俱佳，曾多次獲得大小文學獎。他的散文裡頭不乏敘事，往往散文與小說互相越界，呈現了生動的抒情與敘事交會的書寫效果，這篇〈他鄉的故事〉也不例外。文章始於一位「留」台人的提問：「你怎麼會在這裡？」這一問，問出了這篇萬言長篇的他鄉故事。

說是他鄉的故事，但是「他鄉」究竟是哪裡，台灣？還是馬來西亞？文中似乎語焉不詳。他鄉如果就是他鄉，他鄉的故事幹卿底事？廖宏強細說從頭，從前輩學長學姊、同學，寫到學弟學妹，彷彿在為留台馬來西亞華裔學醫人這一列「時光隊伍」描繪（應該說是重建）其離散譜系及離散路徑，最後留下一個問號。對留台人而言，離開故鄉到台灣去，台灣自然成為客居的他鄉。台灣政府政策裡的「僑生」的身分，對他們來說，就是一種類別稱謂而已。但是這個僑教政策，造就了台灣成為一九五〇年代末以來離散華人子女的進修管道，或英美加澳等英語國家外的另一選擇，甚至是獨中華文教育的延續。數十年下來，「留台人」至少已有三萬五千多人，他們多半是獨中生，還鄉後在馬來西亞各行各業服務。表面上看來，他們「生存其實早已不是問題」，似乎並非廖宏強或黃錦樹所說的不乏辛酸故事的「失落的一代」或「失落何止一代」的一代。

〈他鄉的故事〉提及的留台人（學長姊、同學及學弟妹），至少二十人以上，時間從一九八〇年代跨到新千禧年，幾乎寫盡大馬留台學醫人外（流）史。這一群跨越不同時空的留台人，他們在去國返國復再離去的行旅中，從「幾時回來？」到「回去？不可能，也不必」，中間經過多少轉折或波折或心路歷程，實不足為外人道。廖宏強這篇散文所呈現的，正是這個時光隊伍的共同回顧與反思，從記憶中考掘出他們的去國返國歷程何以未完，何以完不了，何以總已是虛位以待的、進行式的再離散。換句話說，從莊姓學長、春福學長、馮學長、張姓學長、立民、楊小妹、楊大哥、阿狼哥、美美、書哥、勇哥、小黃、薛姓學弟傻佬、到玉雲學姊的真實案例，不管他們是絕頂聰明還是鬱鬱不得志，總之都沒有在故鄉安身立命或落地生根，而在他鄉找到立錐之地，不管是入籍台灣或繼續在台當高級外勞。

不在故鄉安身立命，而在他鄉或落地生根或當非法或高級外勞，在這全球化的時代，其實也不是問題。但是，誠如黃錦樹在廖書序中所指出：

如果獨中生「失落的何止一代」，就真要社會學家好好的研究一番了。它已是一個嚴重的社會問題，直接涉及獨中教育的成效：在種族政治之下，獨中生是否生存上已充分的輻射適應？除了外流……和返鄉磨練到灰頭土臉之外，還有沒有別的可能？

這句話的關鍵辭是「種族政治」。換句話說，無法在故鄉安身立命的肇因，就是「種族政治」，亦即廖宏強說的「膚色的考量」。這才是這個至少三分之一人民難以安身立命或感到集體挫敗的國家所發生的問題。

馬來西亞的種族政治自有其歷史，也是殖民主義的產物。自馬來亞在一九五七年獨立以來，國家的政府、教育、語言、文化、經濟、宗教等領域的運作，都是在種族政治龐大的陰影底下進行，馬來人主權至上之聲高漲，到了一九七〇年，執政黨更藉避免重演「五一三」種族流血衝突事件為由，操作種族政治，在各領域實施保障馬來人權益的政策。在「馬來人優權論」（Ketuanan Melayu/Malay supremacy）的意識形態之下，民主政治沒有充分落實，各族群也無法完全公平分享獨立建國的反殖鬥爭成果與各種經濟及文化資源。右翼的馬來統治階級為了為馬來人特權張目，不時（特別是選舉期間）拋出各種議題，例如在巫統青年代表大會高舉與親吻馬來短劍，象徵馬來人的力量；例如指華人是寄居者；例如要求質疑馬來人優權論的馬來人脫離馬來人；例如指控反對黨執政的檳城路標多種語文並列違憲。再益即指出：

> 而在巫統意識型態的曲解下，社會契約轉向一個不一樣的，更加種族主義論述的方向。重新建構之後，意思變成這樣：馬來亞是馬來人的土地[2]，所有非馬來人應該確知馬來人的優先地位，並尊重所有馬來人和馬來人議題。同樣的，為了馬來人的利益著想，所有非馬來人公民權與政治權利等條件是可以被修改的。這就是所謂「馬來主權」的誕生。（2008；《當今大馬》譯稿）

馬來亞的馬來文正是「馬來人的土地」（Tanah Melayu）。在此前提之下，非馬來人永遠都是外來移民，土地，對華人而言，已不是「家」的代名詞。廖宏強指出：「對移民後裔的我們而言，『家』永遠只是一個找吃的代名詞，在馬如此，留台一樣，赴美亦然，不同的是那種混合了在馬被擠壓當二等公民的無奈。」很多時候，再離散，其實是在逃離這種「被擠壓當二等公民的無奈」，即使到了建國五十年後，「『逃』終究還是我們這一代一直避免卻是鐵一般的事實」，但是「可以逃到哪去呢？」廖宏強如是問道。

答案當然是再離散「他鄉」。廖宏強或《獨立公園的宣言》的讀者也都知道，〈他鄉的故事〉裡的「他鄉」，其實就是「在台」，既是這一群離散華裔獨中生時光隊伍在他鄉落腳（及「不期而遇」）的故事，也是他自己及家人的odyssey，只是馬台之間繞了一圈之後，終究還是「回到他鄉」。不過，如果逃離「被擠壓當二等公民的無奈」的途徑就是留台在台，或留台在台就解決了離散華人的「家」與「逃」的問題，那麼離散論述或「離台返馬又回台」（赴台返馬再赴台）的去國返國復再離去的路徑就沒什麼（或沒必要有什麼）問題意識了。但是〈他鄉的故事〉（或推而廣之，所有「在台馬華文學」）敘述的並不是「愛在他鄉的季節」，或從此王子與公主過著幸福美滿日子的故事。留台在台，其實也有留台在台的無奈。廖宏強寫道：「留台的則被譏為拿了僑教政策好處又賣乖的外省人。」而「家鄉的回憶變成親人葬禮的告別式，久而久之就是一片空白，你的後代沒有興趣，你也識相點別再提起，最難過的還是融入不了新的社會。」新社會指的是他鄉的「新」社會：一切講政治正確與本土化以後的台灣，簡直就是一九七〇年代鋪天蓋地推行新經濟政策與土著化的馬來西亞的翻版，何況之前還有「排僑事故」。

再離散他鄉或「回到他鄉」之後，所書寫的「在台馬華文學」，裡頭盡是園丘與雨林，馬共沙共或五一三的集體（創傷）記憶，仍多「故鄉的故事」，因為那正是作為後離散「在台馬華文學」所抵抗種族政治的原鄉書寫。

註：

1. 事實上，我已經在思考究竟要用「離散華人」還是「離散馬來西亞人」（diasporic Malaysian/Malaysian diaspora）為論述概念了。單單英國就有至少三萬馬來西亞人逾期居留，可見「出埃及記」者早已不只是華人了。
2. 英文原文為“Malaya is primarily the home of the Malays.”

釀文學154　PG1031

病患奇談，行醫妙事一籮筐

作　　者　廖宏強
責任編輯　蔡曉雯
圖文排版　楊家齊
封面設計　秦禎翊

出版策劃　釀出版
製作發行　秀威資訊科技股份有限公司
114 台北市內湖區瑞光路76巷65號1樓
電話：+886-2-2796-3638　傳真：+886-2-2796-1377
服務信箱：service@showwe.com.tw
http://www.showwe.com.tw
郵政劃撥　19563868　戶名：秀威資訊科技股份有限公司
展售門市　國家書店【松江門市】
104 台北市中山區松江路209號1樓
電話：+886-2-2518-0207　傳真：+886-2-2518-0778
網路訂購　秀威網路書店：http://www.bodbooks.com.tw
國家網路書店：http://www.govbooks.com.tw
法律顧問　毛國樑　律師
總 經 銷　聯合發行股份有限公司
231 新北市新店區寶橋路235巷6弄6號4F
電話：+886-2-2917-8022　傳真：+886-2-2915-6275

出版日期　2014年1月　BOD一版
定　　價　240元

Printed in Taiwan

國家圖書館出版品預行編目

病患奇談，行醫妙事一籮筐 / 廖宏強著. -- 一版. -- 臺
北市：釀出版, 2014.01
面；　公分. -- (釀文學；PG1031)
BOD版
ISBN 978-986-5871-81-9(平裝)

855　　102026343

讀者回函卡

感謝您購買本書，為提升服務品質，請填妥以下資料，將讀者回函卡直接寄回或傳真本公司，收到您的寶貴意見後，我們會收藏記錄及檢討，謝謝！

如您需要了解本公司最新出版書目、購書優惠或企劃活動，歡迎您上網查詢或下載相關資料：http:// www.showwe.com.tw

您購買的書名：______________________________

出生日期：________年________月________日

學歷：□高中（含）以下　□大專　□研究所（含）以上

職業：□製造業　□金融業　□資訊業　□軍警　□傳播業　□自由業

□服務業　□公務員　□教職　□學生　□家管　□其它_____

購書地點：□網路書店　□實體書店　□書展　□郵購　□贈閱　□其他

您從何得知本書的消息？

□網路書店　□實體書店　□網路搜尋　□電子報　□書訊　□雜誌

□傳播媒體　□親友推薦　□網站推薦　□部落格　□其他__________

您對本書的評價：（請填代號　1.非常滿意　2.滿意　3.尚可　4.再改進）

封面設計____　版面編排____　內容____　文／譯筆____　價格____

讀完書後您覺得：

□很有收穫　□有收穫　□收穫不多　□沒收穫

對我們的建議：______________________________

____

____

____

請貼
郵票

11466
台北市內湖區瑞光路 76 巷 65 號 1 樓
秀威資訊科技股份有限公司 收
BOD 數位出版事業部

（請沿線對折寄回，謝謝！）

姓　　名：＿＿＿＿＿＿＿＿　年齡：＿＿＿＿　性別：□女　□男

郵遞區號：□□□□□

地　　址：＿＿＿＿＿＿＿＿＿＿＿＿＿＿＿＿＿＿＿＿

聯絡電話：(日)＿＿＿＿＿＿＿＿（夜）＿＿＿＿＿＿＿＿

E-mail：＿＿＿＿＿＿＿＿＿＿＿＿＿＿＿＿＿＿＿＿